中小学生不得不读的故事丛书

# 让青少年知道
# 热爱劳动的故事

本书编写组◎编



每一个好故事，都会带你种下完美人生的种子；每一个好故事，都是我们领悟人生的一盏明灯；每一个好故事，都是我们人生的一块基石。它给我们智慧的启迪，让我们抓住希望。对今天更加珍惜，对明天充满自信！

世界图书出版公司
广州 · 北京 · 上海 · 西安

**图书在版编目（CIP）数据**

让青少年知道热爱劳动的故事 /《让青少年知道热爱劳动的故事》编写组编．—广州：广东世界图书出版公司，2011.1（2024.2 重印）

ISBN 978－7－5100－1509－0

Ⅰ.①让… Ⅱ.①让… Ⅲ.①故事－作品集－世界 Ⅳ.①I14

中国版本图书馆 CIP 数据核字（2011）第 007697 号

---

| | |
|---|---|
| 书　　名 | 让青少年知道热爱劳动的故事<br>RANG QINGSHAONIAN ZHIDAO REAI LAODONG DE GUSHI |
| 编　　者 | 《让青少年知道热爱劳动的故事》编写组 |
| 责任编辑 | 冯彦庄 |
| 装帧设计 | 三棵树设计工作组 |
| 出版发行 | 世界图书出版有限公司　世界图书出版广东有限公司 |
| 地　　址 | 广州市海珠区新港西路大江冲 25 号 |
| 邮　　编 | 510300 |
| 电　　话 | 020-84452179 |
| 网　　址 | http://www.gdst.com.cn |
| 邮　　箱 | wpc_gdst@163.com |
| 经　　销 | 新华书店 |
| 印　　刷 | 唐山富达印务有限公司 |
| 开　　本 | 787mm × 1092mm　1/16 |
| 印　　张 | 10 |
| 字　　数 | 120 千字 |
| 版　　次 | 2010 年 3 月第 1 版　2024 年 2 月第 10 次印刷 |
| 国际书号 | ISBN　978-7-5100-1509-0 |
| 定　　价 | 48.00 元 |


---

# 前　言

## FOREWORD

不良社会风气的影响、激烈的社会竞争、家庭对孩子过高的期望值、应试教育下有失偏颇的评价体系，导致目前社会上有一种轻视劳动、轻视劳动者的风气。这对青少年的教育非常不利。

事实上，劳动对青少年的健康成长十分必须。哈佛大学曾对波士顿的456名男孩子进行了跟踪调查，了解他们的生活经历和成长过程。在这些孩子进入中年的时候，研究人员对他们的生活进行了分析，结果发现，不管这些人的智力、家境、种族或受教育的程度如何，也不管他们遇到多少困难和挫折，从小参加劳动和工作的人，即使只在家里做一些简单家务的人，生活得要比没有劳动经验的人更充实、更美满。

这表明，劳动使人获得能力，当面对挫折时，更善于以独立的积极的心态去面对。而一个不会劳动的人，会不断自我萎缩直到失去自我，这样的孩子是不会幸福的。

青少年是未来的主人，是祖国繁荣富强的希望，因此青少年是否健康成长关系到国家未来的命运如何。

在这个背景下，我们编写了这本《让青少年知道热爱劳动的故事》，目的是培养青少年热爱劳动的观念，懂得劳动对于社会、对于自身的价值。本书的内容主要是名人故事和寓言故事。名人故事给青少年以学习的榜样，寓言故事给青少年以哲理的启示。

在编写的过程中，我们对故事进行梳理，分为四个部分：劳动创造财富、实践出真知、劳动者最快乐和勤奋成就事业。希望青少年朋友们在快乐中阅读本书，并能从中有所感悟，受到启发。

本书认为“劳动”应该包含体力劳动与脑力劳动，具体可以是日常劳动、学习活动、实践活动以及物质精神产品生产活动。

广大的青少年朋友们，请投入到劳动中来吧！因为劳动使我们的双手更灵巧，劳动使我们的心灵更纯洁，劳动使我们的生活更幸福，劳动使我们的未来更美好！

CONTENTS

# 目录

# 劳动创造财富

2009年美国《时代周刊》的年度人物评选中，中国工人作为一个整体被评为年度人物亚军。《时代周刊》称：2009年中国经济顺利实现“保八”，这些功劳首先要归功于中国千千万万勤劳坚韧的普通工人。中国工人为世界创造了巨大的财富，赢得了世界范围的尊重，无论是资本主义还是社会主义国家，都认可诚实劳动最光荣，通过诚实劳动创造财富也是无可非议的。

高尔基说过：“我们世界上最美好的东西，都是由劳动、由人的聪明的手创造出来的。”没有辛勤的劳作，就没有社会财富的积累。本章通过一些故事，告诉我们劳动创造了财富，自己动手，方能丰衣足食。

## 大禹治水

上古，虞舜做首领的时候，在我国发生了一次特大的水灾。

洪水泛滥，犹如脱缰的野马，四处奔腾，淹没了平地，冲毁了房屋庄稼。

为了制服白茫茫的洪水，人们推荐一个叫鲧的人来指挥治水。

鲧很认真地工作了几年，辛勤劳累，但因没有了解洪水的特性，方法不对，所以没有取得成效。

鲧死的时候，悲伤地叹道："没有治服洪水，我死也不甘心啊!"

鲧的儿子叫禹，他了解父亲的遗志，望着痛苦死去的父亲，说："我不信治服不了洪水！我一定要继承父亲的遗志，治服洪水，为民造福!"

舜得知禹有决心治水，而且他确实很能干，就对他说："禹，去吧，带领人们去战胜洪水!"

禹认真听取别人的意见，总结父亲多年治水的经验，决定废除"堵"的办法。那"堵"的办法是修起土坝，截住洪水，结果水越堵越聚，越聚越大，最后冲垮了大坝。总之，堵住了这一处，冲坏了另一处。

禹对大家说："我们除了'堵'，还要'导'，就是疏导，把水想办法引到大海里去。"

大家听了，觉得有道理，一致赞同："对呀！就这样干!"

禹率领大家挖沟修渠，把水从高处引向低处，让它们向东方大海的方向流去。

禹为了百姓能过上平平安安的日子，他与无数治水的伙伴一样，穿着破旧的麻布衣服，干活、流汗，不怕苦和累。

天长日久，他的腿被水泡肿了，腿上的汗毛脱光了，双脚的脚趾泡烂了，脚趾甲都掉了。

禹有两次路过自己的家门口，都顾不上回家看看妻子和孩子。

伙伴们劝他说："禹，回家看看吧!"

禹擦擦脸上的汗水，说："前面有好多事急着去做，大水无情，耽误不得，来不及进家了。"

说罢，他回头张望了一下，就带领大家向新的工地走去。

过了几年，禹率领治水的伙伴们又一次路过家乡。

同伴们指着禹的家，说："禹，这次路过你的家，回去看看妻儿吧。"

还有人提醒说："禹，你别忘记，你是婚后第四天就离开家的，听说你的孩子都长大了，至今还没见过父亲呢!"

禹抬头望望乌云密布的天空，一场大雨即将来临，他想了想说："看，大雨又来了。治水要紧，我们还是快走吧！"

人们都十分感动，说："禹，难道你不要家了？"

禹笑了笑，说："家，我是早晚要回的。那时，是咱们大功告成的时候！"

禹三过家门而不入的事迹传遍了东西南北。这极大地鼓舞了人们治服洪水的决心。

十三年过去了，洪水终于被制服了。

大水退去，田地又出现在人们的眼前。禹说："乡亲们，大家再接再厉，重建家园。"

在禹的领导下，人们垦荒耕种，种植树木庄稼，开始了新的生活。

## 蔡伦改进造纸术

我们伟大祖国是世界上历史悠久的文明古国之一，有很多发明创造，其中的造纸术就是一项著名的科学技术成果。

他是怎样发明的呢？

原来，在远古的殷商时代，我们的祖先就创造了文字，但是那个时候还没有纸。纸是我国劳动人民经过长期的努力才发明的。甲骨上刻着的文字叫甲骨文。这些甲骨就是最早用来记录文字的工具。与此同时，我们祖先把文字刻在竹简和木简上。大概到了春秋战国时期，又在丝织品上写字画图，成为帛书。两汉时期，我国人民把废丝绵放在水中捣烂，再用帘子捞起来漏去水分，晾干它，就成了丝绵纸。西汉武帝时，大约离现在两千一百年前，又发明了用大麻纤维造成的麻纸，这是世界上最早的植物纤维纸。但是丝绵纸原料少，成本高，满足不了社会的需要。麻纸由于当时生产技术上受到很多限制，面积很小，用途也不大。怎样发明一种原料来源广，价格又便宜的纸呢？东汉和帝时候，管理宫廷用品的尚方令蔡伦，在总结前人经验的基础上，终于制造成质量较高的纸张。

蔡伦从小到皇宫去当宦官，担任职务较低的小黄门，后来提升为官职较高的中常侍，参与国家机密大事。在他做尚方令期间，因为监督制造宝剑和其他器械，经常和工匠们接触，于是就和他们一起研究改进造纸方法，用树皮、麻头、破布和废渔网来造纸。他把这些原料铡碎，放在水里浸渍一段相当长的时间，再捣烂成浆状物，薄薄地摊在细帘子上，干燥后，帘子上的薄片就变成纸张了。他造的纸体轻质薄，原料好找，价格便宜，可以大量生产，受到人们的欢迎。东汉元兴元年（公元 105 年），蔡伦把这个重大的成绩报告朝廷，东汉和帝通令全国。从此，他的造纸术很快在全国推广开来。因为蔡伦曾经当过“龙亭侯”，人们便把他发明的纸叫做“蔡侯纸”。

蔡伦死后八十年的东汉末年，一位叫左伯的造纸能手将蔡伦的造纸术加以改进，造出来一种厚薄均匀、色彩鲜明的纸，人们称为“左伯纸”。

中国造纸术大约在公元 7 世纪首先传到越南和朝鲜，公元 610 年传入日本，公元 751 年传到阿拉伯国家。12 世纪中叶又从阿拉伯传到欧洲的西班牙，17 世纪末传到美洲大陆，最后传遍全世界。由于造纸工业的发明，大大提高了传播科学文化的速度和规模，促进了各国经济和文化的发展。

## “世界史中亦所罕见”的张衡

张衡是我国古代伟大的科学家、文学家。他生于东汉后期，也就是公元 78 年。虽出身苦寒，但从小勤奋好学。十岁左右，就写得一手好文章，誉满乡里。家里人盼他外出伺机做官，他却觉得要紧的是研究学问，便借去西京长安（现在的西安）、东京洛阳的机会，拜有学问的人为师，并到政府办的太学里日夜苦读。张衡花费十年苦功，于二十九岁那年完成了两篇在我国文学史上享有盛名的作品——《东京赋》和《西京赋》。三十四岁那年，皇帝派人召他到京都做郎中。郎中只是在宫廷里值班当差，比较清闲，这就使他既有时间又有条件看到许多不常见的书。他读了西汉末年著名学者杨雄的《太玄经》后，对天文和数学发生了浓厚的兴趣。从此，他把智慧和才能全部用到科学研究上了。恰好就在这时，张衡被调任太史令，主管观察天象的工作。在这期间，他精心钻研天文学，不仅博览群书，还夜以继日、废寝忘食地观察日月星辰，不多几年，他就记录了2500多颗恒星及其运行规律，并把观察和研究的成果，写成了天文名著《灵宪》。书中使用了赤道、黄道、南极、北极等地理名词，相当精确地计算出了1年应为365.23天，还科学地解释了日食月食、月亮亏盈的原因等。张衡主张“浑天说”，把天比作鸡蛋壳，包在地的外面，把地比作蛋黄，位居天中，这比当时许多人认为地是平的，天象一个反扣地上的碗的“盖天说”，无疑要进步得多。尤其是在一千八百年前，就作出了地圆的论断，更是非常可贵。张衡根据浑天说的理论，设计并制造了浑天仪。这是世界上第一架自动天文仪器，人们可以从它上面看到星体的出没，与实际天象完全符合。制造浑天仪时，当地发生过强烈地震，有人认为这是神灵震怒，降灾万民，张衡挺身而出，勇敢地宣传地震是自然现象，完全可以用仪器预测，并决心制造一台地动仪。为了解决工艺上的问题，他长途跋涉，向艺匠请教。功夫不负有心人，公元132年，张衡发明的世界上第一台地动仪问世了，这比欧洲要早一千七百多年。这台地动仪，设计科学，制造精良，灵敏准确。有一年，甘肃东南部发生地震，跟震中千里之遥的洛阳竟用这台仪器测出，成为当时的一大新闻。

“一个人应该为知识不广博而害羞”，这是张衡经常用来勉励自己刻苦求知的一句话。的确如此，他对于科学的研究是很广博的。他制造的观测风向的候风仪，比欧洲的“候风鸡”早一千多年；他关于圆周率计算的数值，比印度数学家婆罗笈多早五百多年；他还造出过当时只是在传说中有过的指南车等。总之，张衡对我国以及世界科学事业的发展，作出了重要的贡献。郭沫若曾为解放后重建的张衡墓碑题词：“如此全面发展之人物，在世界史中亦所罕见。”

# 李春巧造赵州桥

接连几天滂沱大雨，把冬春两季干涸的洨河（在河北省赵县城南）灌了个饱，猛涨的洪水呼啸翻滚，多少赶路的人叹口气转身走了。只有一个小伙子，还呆呆地站在雨中。他急着要去看生命垂危的师傅，可偏偏让洨河给挡住了。等雨停水退赶到城里时，师傅已经离开了人间。小伙子抚摸着师傅留给自己的几架精致的石桥模型，含泪立志：为百姓造福，在洨河上造一座石桥。

这个小伙子是我国隋朝的一个石匠，名叫李春。他为了在洨河上架石桥，决定先摸清洨河的脾气。李春徒步走了半个月，不仅找到了洨河的源头，还沿途考察了洨河的河床，并访问了以前曾试图在洨河上架桥但都失败了的石匠们。在调查研究的基础上，他大胆地提出了“空撞券桥”的设想（半圆的桥洞、门洞之类的建筑叫做“券”，券的两肩叫做“撞”）。李春设想在券的两肩造两个小券，而且券都制成小于半圆的一段弧。这种“空撞券桥”的设计，“制造奇特，人不知其所以为”。李春这样的设计是非常合乎科学原理的。他考虑到：在洪水季节，洨河水位猛涨，流量很大，如果把桥的撞砌实了，水流不畅，石桥还可能被洪水冲垮，而不把撞砌实，用四个小券代替，水涨时，一部分水就可从小券往下流，这样，可使水流通畅，减轻洪水对桥的冲击，保证石桥的安全。按李春的设计造出桥后，不仅节约了大量石料，还使整个桥身的重量减少了五分之一，桥型也显得匀称、轻巧和美观。李春的设计表现了他非凡的智慧和创造才能。

开始造桥了，李春组织了大批年轻力壮的石匠凿拱石，在每块拱石的两侧凿出有规则的细密斜纹，使之拼砌后紧密牢固。李春还大胆地废弃习惯的“纵联式”砌桥法，采用“并列式”，就是不把桥洞砌成一个整体，而是二十八道纵向拱券分开砌造。他为什么不采用比较坚固的纵联式呢？原来纵联式虽然坚固，但如有一块石头坏了，整个桥洞就会受到牵动，甚至全部倒塌，很不容易修补。并列式则相反，一块石头坏了，只不过是一个窄券坏了，不会牵动全局，修补起来也比较容易。为了使并列式也更加坚固，李春请来手艺高强的铁匠，锻造“腰铁”和“铁拉杆”，把各道窄券的石块连在一起。

隋朝大业末年，也就是公元617年，“安济桥”（一般叫“赵州桥”）在洨河上落成了。石桥全长五十多米，宽九米多，中间走车马，两旁走行人，桥旁的石栏上还有许多精致的雕刻，十分美观。至今，这座桥已经有一千三百多年的历史了，是我国、也是全世界现存的最古的一座石拱桥。这种空撞券桥，在欧洲直到14世纪才出现，那就是法国太克河上的赛雷桥。赛雷桥比安济桥晚七百多年，但它不如李春设计的坚固，早已毁坏了。而安济桥直到解放时虽有损坏之处，车马仍可通行。

如今，安济桥是全国重点保护文物之一。党和政府组织了各方面的专家，对它进行了认真查勘和全面修复，还研究了李春的设计，结合现代的技术条件，运用到建桥和水利工程上。

李春，用他的劳动在我国建筑史上写下了光辉的一页。

## 毕昇与活字印刷

在闪烁的烛光下，一个三十多岁的人伏在方桌上，专心致志地在一块半寸见方的小木块上刻着字。刻刀划破残夜，远处传来了一声鸡鸣。见他又整整刻了一夜，妻子十分心疼地说：“要再这么下去身子骨非累垮不可。”他头也不抬地回答说：“不要紧。这不，三千个常用字都快刻好了。”刻字的这个人是我国北宋时的一个普通平民，叫毕昇，后来世界上公认他为活字印刷的发明家。

三千个常用字刻好后，毕昇带着他来到邻近的万卷堂书坊，雕刻工们见了这一个个活字，都非常高兴。要是实验成功了，那可比雕版印刷省工省料多了。大伙热情地帮助毕昇，摆开字盘，调匀印墨，捧来纸张。毕昇把松香放在围有方格的铁框板上加热，待松香慢慢熔化了后，他按部首笔画照文稿从字盘里拣字，依次把一个个活字放进铁框。排完后从炉火上取下，冷却的松香把排满的活字紧紧粘接在一起。用过后只要再一加热，便可拿下活字重新组排。开始印了，可是刚刚印了几十张，发现有的字慢慢变大了，有的笔画也越来越模糊了，问题出在用来刻字的杉木容易吸水变形。怎样才能找到既能雕刻又不吸水的材料呢？坐在灶前帮妻子烧火的毕昇不住地念叨着："不吸水，还可以刻字……"妻子见他痴呆的样子笑道："你呀，都快中邪了，这不就是不吸水的东西吗？"毕昇霍地站起："啥？"妻子指指瓦罐："可就是不能在上面刻字。"一句话提醒了毕昇。他想，先用泥坯刻字，然后再进窑煅烧，不就可以制成像瓦罐那样不吸水的泥活字了吗？"

他兴奋得整夜没睡好，第二天一早，就动身到黔首谷窑场去了。他住进窑工的小棚子，在窑工们的支持下，用胶泥制了十几个半寸见方的刻有字的"小土坯"，随着大盆小罐一起进窑煅烧。熄火后，毕昇兴奋地拿出"泥活字"，虽说一个个乌黑发亮，可有的有小孔，有的有裂缝。"这怎么能行呢？"毕昇叹了一口气。一个十来岁的小帮工见毕昇为此发愁，从怀里掏出个小泥猴。毕昇接过一看，小泥猴十分精致，轮廓清楚，线条细腻，一点缝一个孔都没有。当他得知卖泥制玩具的老人住在离窑场二十里（约一万米）外的小山村时，立即动身去寻找。老人被毕昇的诚意所感动，把和泥、制坯、造窑、掌握火候等一整套的技术，毫无保留地传授给他。

毕昇回到家中，按老人说的，自己搭了一座小窑，请来万卷堂书坊的雕刻师帮忙。十几天时间刻成了五千多个字块，毕昇亲自点火烧窑，日夜守候在旁边。一套不吸水、笔画清晰、坚如牛角的泥活字终于制成了。这回再试印时，一气印了三百多张，都十分清楚。活字印刷成功了！它比欧洲第一步活字印刷品要早四百年。

# 黄道婆革新棉纺织业

在我国棉纺织业发展史上，黄道婆的名字是值得提到的。我国的丝织业素来发达，久已闻名于世。但是棉纺织业比较后起，到宋、元间才有大的发展。在元代，棉花的种植几遍全国，棉纺织技术也在长江流域和黄河流域广泛传播起来。黄道婆正是在宋、元间棉纺织业迅速发展时代出现的革新家，她的革新活动大有功于棉纺织业。松江地区在元代逐渐成为棉纺织业的中心，这是与黄道婆的革新活动分不开。

黄道婆生卒的确切年月已无从查考。她大约生活在南宋末年，出生于今上海的一个贫苦农民家里。很小就被卖给人家当童养媳。那时女子只是会说话的牛马，一个童养媳更是备受歧视和压迫。公婆的虐待，丈夫的打骂，使她无法生存。有一天，她天不亮就下地，挑灯时才回来，繁重的劳动使她筋疲力尽，想稍稍喘口气再做饭。可是公婆骂她偷懒，丈夫又劈头盖脸将她毒打一顿，并锁在柴房里。她摸着身上的累累伤痕、血泪，悲愤燃烧着她的心。就在这天漆黑的深夜，她在墙上挖了一个洞，逃出虎口，悄悄溜进了一艘远洋的海船，躲在船舱底。等到海船驶出吴淞口，她才从舱底爬出。她向船工们诉说自己的悲惨身世，恳求他们救她一条活命，把她带到遥远的地方去。船工们都很同情她，她便随船漂流到海南岛南端的崖州。

当时的海南岛，是我国主要产棉区之一。据记载，岛上的黎族，“妇人不事蚕桑，惟织吉贝、花被、缦布、黎幕”。这里所说的“吉贝”就是棉花。黎族妇女普遍纺得一手好纱，织得一手好布，织出的床单、幕布精美异常。

黄道婆只身流落异乡，朴实好客的黎族人民，像对待自己的亲姊妹一样，热情地接待了她。她愉快地生活在黎族人民之中。黄道婆在家乡虽然也会纺纱织布，但黎族人民先进的织棉工具和织棉技术，使她大开眼界。

在家乡，剥棉籽是一颗一颗剥的，慢而费力；纺棉花是用“线弦竹弓”，“厥功甚艰”。而黎族妇女所用的工具却很轻巧，织出来的布又平又细。黄道婆是个聪慧的女子，又勤学好问，很快就熟悉和掌握了黎族人民整套的操作技术。还学会了织当地的著名产品——崖州被，成为一个技艺精湛的纺织能手。在1295～1296年间，黄道婆惜别了共同生活了三十多年的黎族人民，带着黎族妇女使用的踏车、椎弓和棉纺技术返回了家乡。这时，元王朝已经统治了中国，为了巩固其新生的政权，他们重税盘剥，要江浙一带每年缴纳十万匹棉布，江南人民如牛负重，苦不堪言。黄道婆带来的先进技术和工具，真是雪里送炭，人们奔走相告，棉纺织业的一场重大变革很快在南方兴起。

黄道婆回乡后，一面自织“崖州被”，一面耐心地向乡亲们传授技术。据《辍耕录》记载，她又在吸取黎族人民的先进经验基础上，结合汉族人民的优良传统技术，经过反复实践，创造出一整套“擀、弹、纺、织”的生产工具，对棉纺织工艺也进行了系统改革。

黄道婆勇于学习、勇于探索、勇于革新的精神，永为世人所赞扬。特别是她发明的能同时纺三根线的手工机器，现在看来似乎很简单，但是在那时确实非常了不起的。黄道婆的这项发明比欧洲的“珍妮机”早了五百年。人们为了纪念她的功绩，在乌泥镇给她修了一座祠堂，叫做“先棉祠”。1954年4月，上海人民重修了这位杰出的古代纺织技术革新家的墓地，立了新碑，碑上刻写着她的光辉业绩。

## 毛泽东的“责任田”

抗日战争时期，国民党顽固派在陕甘宁边区周围修筑了五道封锁线，隔断了边区和外界的交通，使边区的经济发展造成了很大的困难。为了粉碎国民党顽固派的经济封锁，党中央发出了“自力更生”的号召，于是一场轰轰烈烈的大生产运动在陕甘宁边区开展起来了。

这天，警卫班的战士们正在杨家岭毛泽东住的窑洞附近召开生产动员会。会上，战士们个个摩拳擦掌，表示要大干一场，争当生产模范。这热烈的气氛惊动了毛泽东，只见他快步从窑洞里走了出来。

“你们在开生产动员会，这很好嘛！”毛泽东来到了战士中间，满面笑容地说，“党中央号召我们开展生产运动，克服眼前的经济困难，减轻人民的负担，我们可要带好这个头！”

毛泽东双手叉着腰，环顾着两旁的山坡，充满信心地说：“杨家岭上的土地足够我们种植瓜果蔬菜了。我们还可以养猪，解决自己的吃肉问题。假如再能搞一个合作社，那我们大家的日常生活用品也不用发愁了。”说到这儿，毛泽东爽朗地笑了。

战士们被毛泽东这么一说，仿佛看到了满山满坡菜绿瓜黄的丰收景象，于是群情更加激奋。大家围在一起，出谋划策，商量怎样开荒种地，怎样引水浇田，并决定几天以后正式开工。

到了开工那天，天刚蒙蒙亮，战士们就扛着镬头下地了。战士们经过毛泽东住的窑洞门口，看到里面灯光仍然亮着，大家都知道主席又熬夜了，所以谁也不忍心去叫他。大家蹑手蹑脚地从门口走过，生怕打搅了主席，不料还是被毛泽东听到了。没一会儿工夫，只见毛泽东扛着镬头找来了，他边走边说道：“不是说好了给我一块地吗？我的那份在哪儿呢？”

“主席，您考虑革命大事，非常劳累，这开荒种地的小事就不用参加了。您的活，我们加把劲就都完成了。”战士们异口同声地说。

“不行！不行！开荒种地是党的号召，我也不应该例外。”

在毛泽东的一再坚持下，大家只好在临河不远处给他划出了一亩来地。

毛泽东分到责任田后，对这一“争”来的土地十分珍惜，只要一空下来，他就去挖地。战士们发现后，一齐赶来帮忙，毛泽东总是坚持自己完成。他说：“你们有你们的生产计划，我有我的生产任务，这块地，你们挖了叫我挖什么呢？别看我的年纪比你们大，我还敢与你们比一比，看谁的田种得好！”

此后，毛泽东硬是忙里偷闲，一镬头一镬头地把地挖好，又垒了一个小水坝，将河水引到地里。不久，地里便栽上了黄瓜、辣椒和西红柿。毛泽东又经常利用休息时间施肥、锄草，蔬菜越长越茂盛。

一份汗水，一份收获。夏天到了，毛泽东田里的西红柿结得又红又大，辣椒又尖又长，黄瓜沉甸甸地低垂着头，个个顶花戴刺的，真是诱人极了。人们每走过这里，都禁不住要停下脚步称赞一番。

毛泽东亲手开荒种田的消息很快传遍了延河两岸，军民大生产的劲头更足了。

## 毛泽东学打草鞋

秋收起义以后，毛泽东带着队伍上了井冈山。由于国民党反动派的封锁、围剿，井冈山的生活十分困难。每人每天只有五分钱的菜金，没有盐吃，也没有鞋穿。

面对重重困难，毛泽东向红军指战员发出号召："没有粮，我们种；没有菜，我们栽；没有布，我们织；没有鞋，我们自己动手编草鞋！"

一天，毛泽东外出回家。他看见半山坡的一间小茅屋前坐着一位白发苍苍的老汉。走近一看，老人正在打草鞋。毛泽东高兴地走上前去。

老人见是毛委员赶紧起身打招呼。

毛泽东笑着说："老人家，我拜你为师来啦！"

老人听毛泽东这么一说，一下子丈二和尚摸不着头脑。

毛泽东忙指着老人手中的草鞋说："向你学打草鞋好不好哇？"

老人用怀疑的眼光望着毛泽东："毛委员，你要穿草鞋，我替你打就是了。"

"不行！我要自己学会！"

"你这样忙，哪有时间学呢？"

"我白天没空，晚上学吧！"毛泽东说。

这天傍晚，毛泽东果然来到了老人的家。他进门就说："老大爷，我真的学打草鞋来了。"

老人连忙拿出工具和稻草。他一边打，一边讲。毛泽东坐在一旁仔细地听，仔细地看，每一个步骤，每一个动作，都默默地记在心里。

不一会儿，一只草鞋打好了。毛泽东拾起地上的稻草，对老人说："让我来试试吧！"说着接过老人递上的工具。

就这样，毛泽东这双拿过笔、握过枪、指挥过千军万马的大手，又在井冈山上的一间小茅屋里打起了草鞋来。他是那么认真，那么专注。他学着老人的样子，细细琢磨着老人讲的每一个要领，有时还问上几句，很快一只草鞋打成了。

老人看着毛泽东打的草鞋惊讶地说："毛委员，没想到你草鞋打得还真不错啊！"

毛泽东学会了打草鞋。他又一招一式地教给战士们。大家见毛泽东亲自教他们打草鞋，都学得非常认真。

毛泽东不仅教会了战士们打草鞋，而且给大家树立了一个勤劳俭朴的好榜样。

## 朱德的扁担

朱德挑粮上坳，粮食绝对可靠；

军民齐心协力，粉碎敌人"会剿"。

这首脍炙人口的歌谣，令人情不自禁想起那流传已久的朱德的扁担的故事。

1928 年 4 月底，朱德、陈毅率领一部分南昌起义和湘南暴动的队伍，来到井冈山，和毛泽东领导的秋收起义部队胜利会师后，国民党把井冈山革命根据地视为眼中钉、肉中刺，千方百计想拔掉它。他们在军事上的一、二次"会剿"失败后，又实行经济封锁，妄图把红军饿死、冻死、困死。为了准备第三次反"会剿"，粉碎敌人的经济封锁，地方党组织积极动员群众为山上送粮。挑粮上山也成了红军的一项经常性工作。在那段艰苦的日子里，朱德经常亲自带领战士们下山挑粮。

从宁冈茅坪到井冈山上的茨坪有六十多里山路，峰险路陡、坎坎坷坷、曲曲弯弯、十分难走。井冈山军民没有被困难吓倒，运粮队伍不辞艰难往返这条洒满血汗的山路，谱写了官兵一致患难与共的动人乐章！1928 年冬的一天，天刚蒙蒙亮，朱德军长又带领部分红军战士和赤卫队员到宁冈龙市挑粮。这天，朱军长像往日一样精神饱满，穿着一身灰布军装，背着斗笠，扎着腰带，打着绑腿，穿着草鞋下山去。来到龙市，战士们有的用箩筐担，有的用口袋背；没有工具的战士索性脱下长裤，把裤口扎紧，把粮食装满两条裤腿，往肩上一搭一样方便。这样，大家挑的挑、背的背，翻山越坳，穿行在井冈山的蜿蜒山径上。

那年，朱德军长已经四十多岁了。他头戴斗笠，挑着满满一担粮和年轻的战士们一道走着。大家想：朱军长晚上忙着思考作战大计，白天还要挑粮，这可会累坏他。他们商量一起到朱德军长面前提“抗议”，劝他少挑些。朱军长似乎看穿了大家的心思，说：“同志们，今天我们来比比赛，看谁最先赶到黄洋界上的大槲树那儿!”一听说比赛，战士们劲头来了：“好啊！谁先到大槲树谁是英雄!”一个战士灵机一动说：“朱军长，比赛可以，但有个条件。”朱军长问：“什么条件?”战士说：“你年纪大，不能挑那么多，分给我们一点。”朱军长一听，爽朗地笑起来了：“那可不行!”说着，挑起担子就走了，留下了一阵笑声。

中午时分，队伍赶到黄洋界大槲树下休息。黄洋界海拔一千三百多米，地势险要雄伟，一边是高山峻岭，一边是万丈悬崖。这里云海翻涌时如一望无际的汪洋大海，故黄洋界又称“汪洋界”。休息时战士们议论开来了，七嘴八舌地说，劝也劝不住，讲也讲不过，怎么办？最后大家叫一个机灵的小战士把朱军长的扁担“偷”来藏起来了。战士们认为这样朱军长可以休息了。哪知道朱军长砍来一根大毛竹，用柴刀做了一根又大又扎实的扁担，叫军需处长范树德在扁担上写上“朱德扁担，不准乱拿”八个大字，从此，他的扁担再也没人“偷”了。战士们看到朱军长大步流星走在山路上，满脸是汗，军装湿透了，扁担压得弯弯，感动不已。这时，山道上响起一阵阵歌声：

“同志哥，扁担闪闪亮，朱军长带头挑粮上井冈；井冈兵强马又壮，粮食充足装满仓；消灭白狗子，分田又分粮；保卫根据地，人民得安康……”

## 张大千三赴敦煌，慧眼识珠

国画大师张大千不仅具有多方面的艺术才华，而且有着超人的眼光和勇气。20 世纪 30 年代末年，已是名噪遐迩的张大千听了朋友关于敦煌莫高窟石窟艺术的介绍，又查阅了大量有关资料，对石窟壁画艺术产生了极大兴趣，他强烈地感受到这些壁画的艺术魅力。在当时画坛一味效法宋明文人画的风气之下，张大千独具慧眼地发现了敦煌这颗民间艺术的明珠，他毅然自筹资金，不顾别人的种种议论，带着几个学生奔赴敦煌，实地考察。

西去敦煌，谈何容易。踏上河西走廊，交通设施是根本谈不上的，他好不容易租来一辆旧敞篷卡车，在大漠黄沙的千余里路程上颠簸了一个多月。进入戈壁滩后，又改骑雇来的骆驼，缓缓而行。一路上，黄沙漫天，狂风呼啸，张大干总是习惯地观察沿途的一切，无论是沙丘、戈壁，还是偶尔可见的骆驼队，他都不忘叮嘱弟子们说："这都是我们画画的好素材。"

到了莫高窟的当天晚上，张大千未及休息，就急切地带上电筒、蜡烛到附近一个大石窟参观，一直察看到深夜。张大千来到敦煌正式开始考察的第一项任务就是对石窟进行详细记录，并逐一编号，花去了四五个月的时间，张大千和弟子才完成编号工作。如今，张大千的张氏编号已成为国际上公认的并通用的敦煌莫高窟三大编号之一。在编号和记录的过程中，张大千对各个朝代不同风格的壁画进行了认真地揣摩和分析。佛像的肃穆端庄，菩萨的慈祥可亲，飞天的秀丽活泼，天王的威武雄壮，都深深印在他的脑海里，为日后的临摹打下了基础。

第三次到敦煌的时候，张大千才带领弟子们开始了大规模的临摹工作。在石窟里临摹壁画，和在室内作画大不一样，特别是临摹大幅壁画的上面部分，一手提着煤油马灯，一手拿着画笔爬在梯子上，上下仔细观察壁画，看清一点，然后在画布上画一点，一天里上下爬梯子难以计数。临摹到壁画的底部时，还得铺着羊毛毡或油布趴在地上勾线、着色，脖子和手臂经常酸得抬不起来。到了冬天，石窟里冷风逼人，滴水成冰，临摹工作更加艰难。就是在这样的条件下，张大千还时刻不忘叮嘱弟子们："要准确把握壁画的神和意，在服饰等细处更不可疏忽。"他说，这里从六朝到唐、宋、元各朝代的壁画、泥塑都有，风格各异，内容丰富，可以说是绘画、雕塑艺术方面最大的博物馆。

张大千是把敦煌壁画当作艺术珍品来看待的。因此，当他临摹的壁画在成都展出，有人以"敦煌壁画是水陆道场的工匠画，庸俗不堪入目"等言辞讥讽时，张大千毫不为之所动，他坚信这些历代工匠们的杰作才真正具有艺术上的生命力。

## 朱总司令积肥

抗日战争时期，为了粉碎国民党顽固派的经济封锁，党中央在陕甘宁边区发动了一场轰轰烈烈的大生产运动。

战士们人人分到了"责任田"，个个都想把自己的"责任田"种得好上加好。俗话说："庄稼一枝花，全靠肥当家。"于是，积肥成了大伙的热门活儿。

这是一个寒冷的早晨，东方刚有点发白，几名战士就背着粪筐，赶到延河边。这里有灌木丛和零星的草地，牧童常驱赶牛马前来饮水放牧，是个拾粪的好地方。果然，在河边的草丛、碎石间散落着不少牛马粪。一个战士得意地说："今天我们可是最早来的，这一路上的粪都归我们了。"

忽然，在朦胧的曙光里，大家看到前面有两个人影，一高一矮，他们也在拾粪。

"喂！你们是哪一部分的？怎么腿这么长，跑到我们前面去了？"有位战士用开玩笑的口吻大声喊道。

"我的腿是长一点，个子大嘛，但总比不上你们年轻人眼尖、手灵、脚快呀，你们是全面优势嘛！"

好熟悉的四川口音，“啊，总司令，是前几天刚给我们讲过课的总司令！”一位战士先认了出来。大伙儿跑步迎上去一看，果然是朱德。只见他一手提筐，一手拿铲，正在拾粪。那矮个子是他的警卫员。

“总司令早！”战士们齐声喊道。

“你们比我更早嘛，看！你们都快半筐了，我才一点点呢！”朱德微笑着答道。

有位战士伸手去夺朱德的粪筐，想往他筐里拨点粪。朱德连忙一闪：“使不得，使不得，那我不成了剥削户了？”说完，大笑起来。又有一位战士说：“总司令，您事情多，就不要拾粪了，什么时候需要肥料，我们给您送去。”朱德严肃地说：“那怎么行？总司令就不能拾粪吗？我们大家都是农民出身，这些活在家时都干过。这些年忙于打仗，好久没干庄稼活了。现在国民党逼迫我们生产自救，我们就要上下一起来干，同心协力克服困难。再说，这也是积肥和锻炼身体相结合，一举两得嘛！”一番话说得战士们连连点头称是。在朱总司令带领下，大伙干得更欢了。

## 三位老八路和“将军杨”

在山西省武乡县王家峪的村头，有一棵两人合抱，高达三十米的白杨树，大家都亲切地称它为“将军杨”。

提起“将军杨”，还有一段动人的故事呢。

1940年4月，驻在武乡东部山区的八路军总部为建设根据地，开展了大规模的植树造林运动。

那天，阳光明媚，风和日暖，当地的老乡和战士们展开了植树比赛，看谁种树多，成活多。大家争先恐后，干得热火朝天。

这时，有一队八路军战士，扛着铁锹和镢头朝河湾走来，走在头里的是三位老八路：朱德总司令，彭德怀副总司令和左权副参谋长。他们穿着和战士一样的灰粗布军服，袖口、衣边和膝盖已经打上了补丁。

大家高兴地向他们打招呼，儿童团员欢呼着把他们围了起来。

三位老八路和大家一起动手，在河边种下了一片白杨。

朱德挑了一棵笔直的杨树苗，对一位战士说："小伙子，给咱选一块地方，栽上这棵小树，好不好？"

"好啊！"小战士指指一片空地说："朱总，就在这儿栽吧！"

朱德立刻挥起镢头刨起坑来。小战士见朱德使用镢头十分顺手，动作很熟练，挖的树坑大小深浅恰当，不禁连声说道："想不到，朱总种树还真有两下子！"

这时，朱德已经把树苗插进坑里，他又堆上土，用镢头捣结实。

左权从河里提来满满一桶清水，给小树苗轻轻地浇上水。

彭德怀带着几个战士到山坡上割来了带刺的树枝，给小树苗做了一道精致的小篱笆。

树种好了，有人提议给小树起个名，于是，"将军杨"这个名字便诞生了。

几十年过去了，将军杨茁壮地长成了一棵参天大树。每当人们看到这棵将军杨，便想起三位老八路种树的故事。

## 贺龙的"元帅风采"

贺龙在战争年代，身经百战、出生入死，为党和人民立下大功。解放以后，他担任了党和国家的重要领导职务。虽然地位高了，但他仍然以普通劳动者的形象出现在老百姓中间。他那平易近人、热爱劳动的形象，龙潭湖养鱼场的职工们至今还记得清清楚楚。

1961年秋天的一个傍晚，渔场的职工们正忙着干活。突然，有人过来亲切地与大家打招呼："同志们好！"大家抬头一看，只见一位浓眉大眼、身材魁梧、头戴草帽、手提钓鱼竿的干部模样的老人出现在大家面前，他的脸上还带着微笑。职工中马上有人认出他就是贺龙，禁不住高兴地大叫：

“啊，是贺老总来了！”工人们立刻把贺龙围在了中间。

原来，贺龙当时担任国务院副总理兼国家体育运动委员会主任。他的办公室离龙潭湖很近，所以常常在下班后来到渔场旁的河里钓鱼。这一天，因见大家正在劳动，就走上前来与大家打招呼。

贺龙认真询问渔场所属水面有多大，养了多少鱼，湖里的水质怎样，等等。工人们都一一告诉了他。

这时，湖边又来了一些工人，他们为了增加水的肥力，运来了一桶桶稀粪，正准备往水里倒。

贺龙马上迎了上去，大声说道：“我来！我来！”

工人们连忙拦住贺龙，“老总，您是来休息的，这粪水又脏又臭，您可别动手啊！”大家异口同声地说道。

贺龙一听，哈哈大笑起来。他爽朗地说道：“我不在乎，没有粪水臭，哪有鱼米香呀？”说着，一挽袖子，接过工人手中的粪桶，“咕咚”一声将粪水倒入湖里。他一桶接一桶，一口气倒了四大桶。

工人们看着贺龙花白的鬓发和利索的动作，都非常感动。

“这就是元帅的风采，这就是元帅的劳动本色！”工人们起初的那股拘束劲儿早就消散得一干二净，都跟着贺龙热火朝天地干了起来。

## 南泥湾开荒

1941 年，八路军三五九旅响应党中央和毛主席提出的“自己动手、发展生产”的号召，开进了南泥湾。这块荒凉的土地一下子活跃起来。

一到南泥湾，战士们就抓紧时间开荒，以便赶上季节按时播种。

这一天，天刚蒙蒙亮，大家就起床了。大伙扛起自己打造的镢头，排着整齐的队伍向荒山进发。一路上歌声此起彼伏，好不热闹。

大家来到指定的地点，这里的荒地上荆棘多，砍掉一丛荆棘，挖掉它的根，要花很长时间。尤其是狼牙刺，一不留神就会戳破衣服，划破脸和手。有一位新战士，在家从未种过地，更没有开过荒，拿工具的方法不对头，没多大工夫就满手血泡。可大家的情绪非常高，谁也不叫苦，谁也不肯落后一步。这位新战士也不例外。

有位战士叫尹光普，大伙都叫他“气死牛”。他的镢头是特制的，1尺(约30厘米) 多长，5多千克重，一天开荒4亩以上。而一头牛一天耕地也不足2亩。

718团团长陈宗尧亲自担任团部生产小组长，组员有参谋长、警卫员、司号员等八人。

团政委左齐在抗战中失去右臂，不能参加开荒，可他一有空就帮助炊事员烧水做饭，唯恐大家饿着渴着。

中午时分，左齐和炊事班的同志挑着担子送饭来了。

班长伸手向前一指，说：“同志们，加一把劲，把这块地消灭了再吃饭。”

“好!”话音未落，镢头像雨点一样落地，前面稍微慢一点儿，后面就喊“快点，快点，挖到你的腿了!”眨眼之间，又一大片土地被开垦出来了。

左齐政委放下担子大声地招呼战士们：“小伙子们，喝口水再干吧!”连喊了几遍，就是没人答应。左齐急了，他只得命令战士们放下镢头，立即吃饭。

战士们狼吞虎咽地吃完了饭，又拿起工具干了起来。

就靠着八路军战士的两只手和一把镢头，荒凉的南泥湾出现了一片新景象，到处是庄稼，遍地是牛羊，成了陕北的好江南。

## 瑞希·巴特的故事

瑞希·巴特，1985年出生在美国一个印度裔IT业工程师家庭。在父亲的耐心教育和精心指点下，瑞希·巴特从小就对电脑、软件、互联网产生了浓厚兴趣。他六岁的时候就开始鼓捣电脑软件程序设计，迈出了编写电脑软件程序的第一步。后来，经过不断地学习，他掌握的电脑知识越来越多了。

受好胜心的驱使，瑞希·巴特专心致志地埋头于互联网个人隐私保护软件的编写中，发誓要最大限度地解决互联网安全保密性能不堪一击的重大隐患，为每一位网民的个人隐私提供安全“防火墙”。经过一个多月时间的辛勤编写，他精心创造出保护网民个人隐私信息不会被所登陆访问的网站不劳而获、随意窃取的“隐身冲浪软件”，从而开创出“互联网个性化”的新时代。

产品问世后，该如何使自己精心编写的“互联网个人隐私保护软件”早日变成众多网上冲浪高手的“隐身衣”呢？

一个新难题摆在瑞希·巴特面前，他认为只有尽快创建个人网站，才能公开推销自己的电脑软件。于是，瑞希·巴特在父亲的全力支持下，创办了专门经营互联网保密软件的“围城软件网”。这一网站亮相后，迅速赢得了网民的垂青，他们不惜巨资购买其下载使用权。仅几个月时间，瑞希·巴特的“围城软件网站”就先后有一百多名网民先后登陆，使瑞希·巴特不费吹灰之力，就赚得了五千美元。

后来，他的网站被加拿大一家大型探矿集团公司收购了，他摇身一变成为享誉美国和加拿大两国 IT 业界的“百万富童”。

## 佛罗伦萨的小抄写员

叙利奥是小学五年级学生，十二岁，是个黑头发、白皮肤的男孩子。他父亲是铁路上的职员，还有好几个比叙利奥小的儿女，一家过着清苦的生活，钱总是不够用。父亲不因孩子多而觉得累赘，一味爱着他们，他最喜爱叙利奥，只是对他的功课却一点也不放松。他希望儿子早点毕业，找个比较好的工作，来帮补一家人的生活。

父亲年纪大了，并且因为一向辛苦，脸上看起来更老。一家人的生活全压在他肩膀上。他白天在铁路上工作，晚上又从别处接了文件来抄写，每天夜里趴在桌子上要写到很晚才睡。最近，有个杂志社托他写给订户寄杂志的签条，用了很大的正楷字写，每五百张签条给六角钱。这工作很辛苦，老人常常在吃饭的时候向家里人叫苦："我眼睛似乎坏起来了。这样的夜工，会缩短我的寿命呢！"

有一天，叙利奥向他父亲说："父亲，我来替你写吧。我能写得和您一样好。"

但是父亲无论如何都不答应："不要。你应该用功念书。功课是你的大事情，就是一个钟头，我也不愿意占用你的时间。"

叙利奥知道父亲的脾气，不再请求，只暗自在想办法。每天晚上，他到半夜才听见父亲停止工作，回到卧室去。有好几次，十二点钟一敲过，就听到椅子向后拖的声音，接着就是父亲轻轻回卧室去的脚步声。一天晚上，叙利奥等父亲去睡了后，起来悄悄地穿好衣裳，蹑着脚步走进父亲写字的房子里，把油灯点着。案上摆着空白的纸条和杂志订户的名册，叙利奥就执了笔，模仿着父亲的笔迹写起来，心里既欢喜又有些恐惧。写了一会儿，条子渐渐积多，放了笔把手搓一搓，提起精神再写。一面动着笔微笑，一面又侧了耳听着动静，怕被父亲起来看见。写到一百六十张，算起来值两角钱了，方才停止，把笔放在原处，熄了灯，蹑手蹑脚地回到床上去睡。

第二天午餐时，父亲很是高兴，拍拍叙利奥的肩膀说："哎！叙利奥！你爸爸还真是没有老哩！昨天晚上三个钟头的工作比平常多做了三分之一。我的手还很灵便，眼睛也还没有花。"

叙利奥虽不说什么，心里却快活。他想：爸爸不知道我在替他写，却自己以为还没有老呢。好！就这样做下去吧！

那夜到了十二时，叙利奥仍起来工作。这样经过了好几天，父亲依然不曾知道。只有一次，父亲在晚餐时说："真是奇怪！近来打油突然费多了。"叙利奥听了暗笑，幸而父亲不再说别的，此后他就每夜起来抄写。

叙利奥因为每夜起来，渐渐睡眠不足，朝起觉着疲劳，晚间复习要打瞌睡。有一夜，叙利奥伏在案上睡熟了，那是他有生以来第一次的打盹。

“喂！用心！用心！做你的功课！”父亲拍着手叫。叙利奥张开了眼。再用功复习。可是第二夜，第三夜，又同样打盹，愈弄愈不好：或是伏在书上睡熟了，或早晨晚起，复习功课的时候，总是带着倦容，好像对功课很厌倦似的。父亲见这情形，屡次注意他，结果终于动了气，虽然他一向不责骂小孩。有一天早晨，父亲对他说：“叙利奥，你真对不起我！你和从前不是变了样子吗？当心！一家的希望都在你身上呢！你知道吗？”

叙利奥有生以来第一次受着责骂，很是难受。心里想：是的，那样的事不能够长久做下去的，非停止不可。

这天晚餐的时候，父亲很高兴地说：“大家听啊，这月比前月多赚六元四角钱呢！”他从食桌抽屉里取出一袋果子来，说是买来让一家人庆祝的。小孩们都拍手欢乐，叙利奥也因此把心重新振作起来，元气也恢复许多，心里自语道：咿呀！再继续做吧。日间多用点功。夜里依旧工作吧。父亲又接着说：“六元四角哩！这虽很好，只有这孩子——”说着指了叙利奥：“我实在觉得可厌！”叙利奥默然受着责备，忍住了要流出来的眼泪，心里却觉得欢喜。

从此以后，叙利奥仍是拼了命工作，可是，疲劳之上更加疲劳，终究难以支持。这样过了两个月，父亲仍是责骂他，对他的脸色更渐渐担起忧来。有一天，父亲到学校去访先生，和先生商量叙利奥的事。先生说：“是的，成绩好是还好，因为他原是聪明的。但是不及以前的热心了，每日总是打着呵欠，似乎要睡去，心不能集中在功课上。叫他作文，他只是短短地写了点就算，字体也草率了，他原可以更好的。”

那夜父亲唤叙利奥到他旁边，用了比平常更严厉的态度对叙利奥说：“叙利奥，你知道我为了养活一家怎样地劳累？你不知道吗？我为了你们，是把命在拼着呢！你竟什么都不想想，也不管你父母兄弟怎样！”

“啊，并不！请不要这样说，父亲！”叙利奥含着眼泪说。他正想把经过的一切说出来，父亲又拦住了他的话头：“你应该知道家里的境况。一家人要刻苦努力才可支持得住，这是你应该早已知道的。我不是那样努力地做着加倍的工作吗？本月我原以为可以从铁路局得到二十元的奖金的，已预先派入用途，不料到了今天，才知道那笔钱是无望的了。”

叙利奥听了把口头要说的话重新抑住，自己心里反复着说：哎呀！不要说，还是始终隐瞒了，仍旧替父亲帮忙吧。对不起父亲的地方，从别一方来补报吧。学校里的功课原非用功及格不可，但最要紧的是要帮助父亲养活一家，略微减去父亲的疲劳。是的，是的。

又过了两个月。儿子仍继续做夜工，日间疲劳不堪，父亲依然见了他就动怒。最可痛的是父亲对他渐渐冷淡，好像以为儿子太不忠实，是无甚希望的了，不多同他说话，甚至不愿看见他。叙利奥见这光景，心里非常地痛苦。父亲背向他的时候，他几乎要从背后下拜。悲哀疲劳，使他愈加衰弱，脸色愈加苍白，学业也似乎愈加不勤勉了。他自己也知道非停止做夜工不可，每夜就睡的时候，常自己对自己说：“从今夜起，真是不再夜半起来了。”可是，一到了十二点钟，以前的决心不觉忽然宽懈，好像睡着不起，就是逃避自己的义务，偷用了家里的两角钱了，于是熬不住了仍旧起来。他以为父亲总有一日会起来看见他，或者在数纸的时候偶然发觉他的作为。到了那时，自己虽不申明，父亲自然会知道的。这样一想，他仍继续夜夜工作。

有一天晚餐的时候，母亲觉得叙利奥的脸色比平常更不好了，说：“叙利奥，你不是不舒服吧？”说着又向着丈夫：“叙利奥不知怎么了，你看看他脸色青青的——叙利奥，你怎么啦？”说时显得很忧愁。

父亲把眼向叙利奥一瞟：“即使有病也是他自作自受。以前用功的时候，他并不如此的。”

“但是，你！这不是因为他有病的缘故吗？”父亲听母亲这样说，回答说：“我早已不管他了！”

叙利奥听了心如刀割。父亲竟不管他了！那个连他一咳嗽就忧虑得了不得的父亲！父亲确实不爱他了，眼中已没有他这个人了！啊！父亲！我没有你的爱是不能生活的！——无论如何，请你不要如此说，我一一说出来吧，不再欺瞒你了。只要你再爱我，无论怎样，我一定像从前一样地用功。啊！这次真下决心了！

叙利奥的决心仍是依然。那夜因为习惯的力量，又自己起来了。起来以后，就想往几月来工作的地方做最后的一行。进去点着了灯，见到桌上的空白纸条，觉得从此不写有些难过，就情不自禁地执了笔又开始写了。忽然手动时把一册书碰落到地。那时满身的血液突然集注到心胸里来：如果父亲醒了如何；这原也不算什么坏事，发现了也不要紧，自己本来也屡次想说明了。但是，如果父亲现在醒了，走了出来，被他看见了我，母亲怎样吃惊啊，并且，如果现在被父亲发觉，父亲对于自己这几月来待我的情形，不知要怎样懊悔惭愧啊！——心念千头万绪，一时迭起，弄得叙利奥震栗不安。他侧着耳朵，抑了呼吸静听，并无什么响声，一家都睡得静静的，这才放了心重新工作。门外有警察的皮靴声，还有渐渐远去的马车蹄轮声。过了一会，又有货车"轧轧"地通过。自此以后，一切仍归寂静，只时时听到远犬的吠声罢了。叙利奥振着笔写，笔尖的声音"卿卿"地传到自己耳朵里来。

其实这时，父亲早已站在他的背后了。父亲从书册落地的时候就惊醒了，等待了好久，那货车通过的声音，把父亲开门的声音夹杂了。现在，父亲已进来了，他那白发的头，就俯在叙利奥小黑头的上面，看着那钢笔头的运动。父亲对从前一切忽然都恍然明白了，胸中充满了无限的懊悔和慈爱，只是钉住一样站在那里不动。

叙利奥忽然觉得有人用了发抖着的两腕抱他的头，不觉突然"呀!"地叫了起来。及听出了他父亲的啜泣声，叫着说："父亲！原谅我！原谅我!"

父亲流着泪吻着他儿子的脸："倒是你要原谅我！明白了！一切都明白了！我真对不起你了！快来!"说着抱了他儿子到母亲床前，将他儿子交到母亲怀里："快吻这孩子！可怜！他四个月来竟睡也不睡，为一家人劳动！我还只管那样地责骂他!"

母亲抱住了孩子，几乎说不出话来："宝贝！快去睡吧!"

叙利奥因为疲劳已极，就睡去了。几个月来，到今天才得好好地睡一觉，连梦也做得快活。醒来的时候，太阳已经升很高了。忽然发现床沿旁近自己胸部的地方，横着父亲白发苍苍的头。原来父亲那夜就是这样过的，他将额头贴近了儿子的胸口，还正在那里熟睡哩。

## 农夫的宝物

有个农夫快要辞别人世时，想要把自己的耕作经验传给儿子们，便对他们说："孩子们，我即将离开这个世界了，你们都去寻找我埋藏在葡萄园里的东西，把它们统统都找出来吧！"儿子们以为那里埋藏了金银财宝。父亲去世后，他们把葡萄园的地全都翻了一遍，什么宝物也没找到，却使葡萄园的地很好地耕作了一番，所以这年比以往结了更多的葡萄。

劳动是最好的宝物。

## 蝉与蚂蚁

冬季，蚂蚁正忙着把潮湿的谷子晒干。饥饿的蝉跑来，向它们乞讨食物。蚂蚁问它："你为什么在夏天不去收集食物呢？"

蝉回答说："那时没有时间，我忙于唱美妙动听的歌。"

蚂蚁笑着说："你夏季如要唱歌，那么冬季就去跳舞吧。"

勤奋劳动才能丰衣足食；如果一味玩乐，只能挨饿。

## 乌鸦兄弟

乌鸦兄弟俩同住在一个巢里。

有一天，巢破了一个洞。

大乌鸦想：老二会去修的。

小乌鸦想：老大会去修的。

结果谁也没有去修。后来洞越来越大了。

大乌鸦想：这一下老二一定会去修了，难道巢这样破了，它还能住吗？

小乌鸦想：这一下老大一定会去修了，难道巢这样破了，它还能住吗？

结果又是谁也没有去修。

一直到了严寒的冬天，西北风呼呼地刮着，大雪纷纷地飘落。乌鸦兄弟俩都蜷缩在破窠里，哆嗦地叫着：“冷啊！冷啊！”

大乌鸦想：这样冷的天气，老二一定耐不住，它会去修了。

小乌鸦想：这样冷的天气，老大还耐得住吗？它一定会去修了。

可是谁也没有动手，只是把身子蜷缩得更紧些。

风越刮越凶，雪越下越大。

结果，巢被风吹到地上，两只乌鸦都冻僵了。

## 麻雀的评论

麻雀叽叽喳喳，遇事爱发表评论，有什么法儿？它历来如此。

这天，麻雀看见地面冒出了一个嫩绿的小点儿，把附近的泥土都拱了起来，便好奇地飞近问道：“你是什么？”

“竹笋。”一个细弱的声音应道：“我想冒出来……”

“冒出来？唧唧喳喳。”麻雀笑得前仰后合，“你有多大能耐？我拉一兜屎就可以盖上你。识趣点，乖乖儿地躺着吧！”

麻雀飞到一株桃树枝丫上，见一只蜜蜂“嗡嗡”地在花间飞动，还从花蕊里钻进钻出。

“咦，这是干什么？”

“我想采集花蜜，和大伙酿成一缸子蜜糖……”

“喳喳，叽！小鸭子想生大鹅蛋哩！”麻雀边叫边笑，“这肯定是灯草搭桥白费劲儿，有眼前烂漫的春光，你何不趁机逛一逛，乐一乐，而去干这等蠢事儿?”

它评论一番以后，又快快活活地飞走了。飞着飞着，快靠近屋檐边的时候，猛地见一个灰团儿从鸽子笼边掉了下去。

“怎么回事，怎么回事?”麻雀扑下去急问。

“我想飞上蓝天，”一只羽毛没长满的小鸽子回答，“哎，没想到……”

“叽，喳喳，叽叽叽!”麻雀的喉咙里顿时滚出了一阵大笑，“傻小子，慢慢地走着玩好了，喳喳，想飞上蓝天，幸亏没有把屁股摔成两半儿，快死了这条心吧!”……

日子一天天过去了。有一天，麻雀又经过这一带。它见到了什么?——一根新竹挺立着指向天空；一只灰鸽在白云间翻飞；还有，在蜂巢边摆着一缸刚取出的蜂蜜，那只小蜜蜂飞在缸边甜甜地笑呢!

“唧唧喳喳，这难道是事实?”麻雀睁着圆溜溜的小眼睛嚷道：“你们莫不是在玩什么魔术，用来戏弄我这老实巴交的麻雀吧?”

## 蜗牛搬家

蜗牛住在水池边的石缝里，周围光秃秃的连个遮拦也没有，每天饱受风吹日晒之苦，只有阴天下雨时，他才从壳子里探出身子喘口舒服气。

一天，蜻蜓和蚂蚁来看蜗牛。

蜻蜓说：“前边小土冈子上是个好地方，那儿有密密的树林，有鲜花野果，林中还有一条清澈的小河……”

蚂蚁说：“我们和蜜蜂、蝴蝶、青蛙、蚯蚓他们都住在那里，蜜蜂采蜜，蚯蚓翻松泥土，蝴蝶传播花粉，大家快活极了!”

蜗牛送走了蜻蜓和蚂蚁，心里很兴奋。他没想到，就在前边不远的土冈上竟是个好地方；也没想到蜻蜓他们过得那么快乐。蜗牛打定主意，决心搬到小土冈上去售。

过了两天，蜜蜂来帮蜗牛搬家。蜗牛看看头上的太阳，就犹豫地说：

“今天我不能搬，不然强烈的阳光会把我晒死的！”

又过了两天，蝴蝶来帮蜗牛搬家，蜗牛看看外面刮着风，就说：“今天我不能搬，我这细皮嫩肉，禁不起风沙吹打！”

又过了两天，青蛙来帮蜗牛搬家。这天下着蒙蒙小雨，既没有太阳又没有风沙，可是蜗牛说：“今天我不能搬家，天潮地滑，土冈的斜坡，无论如何我是爬不上去的！”

从此以后，再也没有人来帮蜗牛搬家了。蜗牛的家始终没有搬成，但是他有时冲着小土冈张望。低声叹息道：“只怪我身体不好，要不然这时我也在那边过着愉快的生活了。”

## 杜鹃学搭窝

春天来的时候，鸟儿们都要搭窝、生蛋，孵化自己的娃娃。杜鹃鸟多么想也搭个窝呀！可是，爸爸妈妈从来没教过怎么搭窝。她想来想去，决定去向伙伴们学学。

她抖起翅膀，到处飞呀，找呀，在河边看见一只小燕子，忙飞过去说：“燕妹妹，教我搭个窝，好吗？”小燕子热情地说：“学搭窝？好哇，跟我去吧！”于是，一同向燕子搭窝的院子飞去。

小燕子一下飞到窗棱上，招呼杜鹃说：“杜鹃姐姐，我的窝就在屋里的梁上，快来看呀！”杜鹃“嗖”地飞到窗棱上，抬头一看，啊呀，屋梁上贴着一块泥饼子，这有多脏啊。杜鹃心想：我最怕干脏活，得了，得了，谁搭这样的脏窝？我才不学呢！想着，她不管燕妹妹的热情叫唤，气哼哼地飞走了。

杜鹃慢慢地飞着，想着谁会搭又干净又亮堂的窝。忽然，她看见了斑鸠大姐正叼着一根树枝，就赶紧飞过去说：“斑鸠大姐，教我学搭窝，好吗？”斑鸠见从不搭窝的杜鹃也想学搭窝了，很亲热地说：“好吧，跟我去吧！”说完，就同杜鹃一块飞到村边的一棵槐树上。斑鸠顾不上歇一歇，就把衔的一根树枝放在正搭的窝上，然后招呼杜鹃说："看吧，就这样……"

杜鹃抬头一看斑鸠搭的窝，又简单又背阴，一点也不亮，她感到很失望，懒得搭理斑鸠姐姐的话了，只是"哧呼哧呼"喘着粗气，心里暗暗地打着主意。

突然，她的眼睛一亮。原来，她看见了一棵穿天杨的树尖上，有一个大圆球。咦，这是谁搭的窝呢？又高又大，住在这样的窝里，空气好，亮堂堂，真是舒服极了。她决心立刻飞到树顶，去向他学习搭窝的本领。她使劲一纵，"嗖"地一声，一直向天上飞去。等飞到树顶，累得浑身打颤了。杜鹃歇了好一会，才飞到大窝的门口，再一看，噢，原来是喜鹊大嫂的窝。

喜鹊一见杜鹃可乐坏了，赶忙走出来，把杜鹃迎进屋。杜鹃高高兴兴蹦进屋，打量了一下喜鹊的窝，恳求说："喜鹊大嫂，你的窝搭得可真好，又高大又漂亮，请教教我吧！"喜鹊说："好哇，小妹妹，你也长大了，该学点本事了。来，我先领你看看。"

她们一起到窝外转了几个圈儿，杜鹃仔细看着，心里羡慕得不得了。这么大，这么结实，一不怕风，二不怕雨。杜鹃一面看，一面嚷着说："太好了，太好了，我就搭这样的窝。您快告诉我，得用几天才能搭好呢？"喜鹊大嫂笑呵呵地说："先别急，你再看看里边。"

杜鹃又到里面一看，四周严严实实，底下还铺满毛和草，软乎乎，暖和极了。她高兴地打了个滚儿说："喜鹊大嫂，快告诉我，搭这个窝得用几天？"喜鹊摇摇头说："几天？几个几天也不行哩。树枝要一根一根地拧下，再衔着飞上来搭成架；毛草要一根一根地叼，再飞进来铺好……"

杜鹃惊讶地说："呀，那么费事，那……那还有时间玩吗？"说着，她立刻绷起了脸。闹了半天，搭个窝要这么费事，得吃多大的苦啊！她想，花那么大功夫，吃那么多苦，不如快快活活玩玩呢。

杜鹃这样想着，就抖抖翅膀，歪歪扭扭地飞走了。直到今天，杜鹃还不会搭窝，也没有一个固定的家。

# 寒号鸟

在太行山脚下有一堵石崖，崖上有一道缝，寒号鸟就住在这里，他把崖缝当做自己的窝。石崖前面有一条漳河，漳河岸边有一棵大杨树，杨树上住着喜鹊。寒号鸟和喜鹊，面对面住着，成了好邻居，交了好朋友。

秋天到了，树叶黄了。秋风一扫，树叶落尽，好像在报告冬天就要到了。

有一天，天气晴朗。喜鹊出门，飞向很远很远的村庄，东寻西找，衔回来一些枯草，忙着筑巢，准备过冬。寒号鸟却漫山遍野飞翔，累了就回来睡大觉。喜鹊说："寒号鸟，别睡觉，趁着天好，赶快筑巢。"

寒号鸟听过一笑，睡在崖缝里回答说："傻喜鹊，用不着，太阳暖和，睡个好觉。"

冬天说到就到，冷风漫山遍野刮着。喜鹊住在自己新筑的温暖的窝里，寒号鸟浑身上下没有一根毛，崖缝里冷得厉害，寒号鸟冻得直打颤，悲哀地叫唤："哳喽喽，哳喽喽，寒风冻我，明天筑窝。"

第二天，风停了，天气晴和，暖烘烘的太阳当空照，好像春天回来了。寒号鸟还在睡大觉，喜鹊来到崖缝前劝说他："趁天好，快筑巢，现在贪睡觉，后悔可晚了。"

寒号鸟听过一笑，伸伸懒腰回答道："傻喜鹊，别啰唆，太阳暖和，得过且过。"

严冬腊月，天空中飘着鹅毛大雪，漫山遍野成了一片白色，西北风一阵阵猛刮，崖缝里冷得像冰窖。就在这深冬的夜晚，喜鹊正在温暖的窝里熟睡，寒号鸟却发出最后的哭声："哳喽喽，哳喽喽，寒风冻我，明天筑窝……"

天亮了，太阳普照大地，喜鹊同往日一样快活，高兴得又唱又跳。而懒惰的寒号鸟，早在昨夜就冻死了。

## 啄木鸟的新房子

小啄木鸟长大了，会飞了。他想：我不能总是和妈妈住在一起呀，我得自己动手，造一座新房子。

可是，造一座什么样的房子才好呢？他在森林里飞来飞去，想看看别的鸟儿都住什么样的房子。

小啄木鸟飞过一片阔叶林，小小的缝叶莺正在树上营巢。他那尖尖的小嘴，衔着一根长长的植物纤维，在两片大树叶之间穿来穿去，像一枚灵巧的针，不一会儿，就把两片大树叶缝成了一个袋子。然后，他又在袋子里絮上他们从各处拣来的枯叶和绒毛——一座小巧的房子造成了！

“啄木鸟，造一个树叶的房子吧！睡在里面又柔软，又暖和，很舒服呢！”

啄木鸟摇摇头说：“不行，不行！我的身体又大又重，哪里能住这么轻巧的房子？”他谢过缝叶莺的好意，振了振翅膀，从阔叶林里飞走了。

小啄木鸟飞过河边，鸊鷉妈妈正在河里营巢。只见她一会儿飞向芦苇丛中，一会儿又把身体潜入水里。她衔来一根根芦叶，在水面上搭起一座盆形的小房子，又在里面铺上柔软的水草和羽毛——一座舒适的水上房屋造成了，鸊鷉妈妈准备在里面生蛋、孵蛋，养育子女，过幸福的日子。

“啄木鸟，造一个水上的房子吧！这房子能随着水波荡呀荡的，睡在里面像摇篮一样舒服呢！”

啄木鸟摇摇头说：“不行，不行！你们鸊鷉都有好水性。可我既不会游泳，又不会潜水，如果住在水上，那可太危险啦！”他谢过鸊鷉的好意，振了振翅膀，从河边飞走了。

啄木鸟飞过一棵高大的白杨树，杜鹃正在树上唱着：“光——棍——好——苦！”他听说啄木鸟急着要造新房子，就嘲笑地说：“费那个力气做什么？看我，从来不造房子，可总是有房子住！”

“那么，你住在哪里呢？弦小啄木鸟觉得社鹃的理论十分奇怪。

“哈哈！这就要靠自己找窍门儿啦！像我，总是占别的鸟的房子。把他们的蛋和雏鸟从窝里推下去，房子不就是你的啦！”杜鹃对自己的“本领”洋洋得意，一点也不感到难为情。

小啄木鸟觉得这种不劳而获、残害同类的做法实在太可耻了！他不想再理睬杜鹃，毅然地扇扇翅膀，离开了这里。

小啄木鸟回到家，对妈妈讲述了自己的见闻。啄木鸟妈妈见孩子为房子的事儿发愁，觉得挺可笑，她说：“傻孩子，这种事情你该早点问问我呀！”

啄木鸟妈妈带着小啄木鸟，找到一棵枯朽的大树，她说：“你学着我的样子，用两爪紧紧抓住树干，用尾巴稳稳地撑住了身子，再把头猛地向前甩，用力啄这儿的树干……”

“笃，笃，笃！”只见木屑乱崩，碎片飞舞，啄木鸟妈妈一会儿就在树干上啄出了一个小洞。

小啄木鸟学着妈妈的样子，也在这个洞上用力啄起来。树洞越来越大，越来越大——房子终于造好了！妈妈又教给小啄木鸟在树洞里铺上枯草和柳絮。现在，小啄木鸟也有一个温暖舒适的新家啦！

小啄木鸟钻进自己的新房子，伸出小脑袋，快乐地对妈妈说：“还是自己动手造的房子最好，住着真舒服啊！”

## 两棵摇钱树

一户人家有兄弟俩，父母去世后，哥哥只给了弟弟一把锄头，就把弟弟赶出了家门。弟弟拿着锄头，来到一座山上，搭了间草棚，开始了辛勤的劳动。哥哥霸占了所有家产，整日游手好闲、大吃大喝，没过几年，就把家产卖光了，成了靠要饭过日子的乞丐。

一天，哥哥走到一座山前，看到半山腰有户人家，便上前敲门，想要点饭充饥。谁知开门的竟是弟弟。哥哥见弟弟生活相当幸福，便问：“你离家时只拿了把锄头，怎么现在有这么多家产？是不是爸妈生前给了你很多钱？”弟弟笑着说：“是啊，爸妈给了我两棵摇钱树。”哥哥忙问：“摇钱树？在哪儿？”弟弟伸出手说：“这就是——每棵树上五个杈，不长叶子不长芽，只要不怕劳累苦，衣食住行都不差。”原来弟弟的幸福生活来自于辛勤的劳动。哥哥羞愧地低下了头。

## 三个钱的压岁包

从前，在一个山村里，住着一位老爷爷和他的三个儿媳妇，这年除夕，吃完了年夜饭，老爷爷拿出三个红纸压岁包分给三个媳妇，一面说：“今年的压岁包和往年的不同，只有三个钱，可是你们每个人都得用这钱做一件有意义的事。你们能做到吗？”

大媳妇和二媳妇没吭声，他们想：三个钱能派什么用？站在一旁的三媳妇，想了想说：“爹，我能做到！”

大媳妇拿了压岁包之后，根本没当一回事。第二天过新年的时候，孩子吵着要买糖，就随手掏出来给孩子买糖吃了。

二媳妇拿了压岁包之后，看着三个钱想：如果钱再多一点，还可以干点事。可是现在……只有三个钱！她顺手把压岁包放进抽屉里，把这件事丢到脑后去了。

三媳妇拿了这三个钱的压岁包之后，仔仔细细想了一个晚上。第二天，她就按照自己想好的办法去做了。

转眼三年过去了，除夕又到了。吃年夜饭的时候，老公公问三个媳妇：“大前年，我给你们每人三个钱的压岁包，不知你们做了些什么事？”

大媳妇想来想去，怎么也想不起来了。她的儿子在旁边插嘴说：“爷爷，那三个钱，妈妈早给我买糖吃了。”

老爷爷听了，摇了摇头，又转过脸来问二媳妇。

二媳妇早想好了话，她说：“爹，我的压岁钱还在抽屉里收着呢！”

老爷爷听了，仍是摇摇头。

问到三媳妇时，她不慌不忙地说，“我用压岁包里的三个钱，已经买了头小牛啦！

“三个钱怎么能买头小牛呢？”大媳妇、二媳妇十分惊奇，一齐问三媳妇。

三媳妇就把经过说了一遍。原来她在那年除夕晚上想定主意之后，第二天就拿这三个钱买了个大鸡蛋，拿回家来孵了一只小母鸡。过了几个月，母鸡就会生蛋了。第二年春天，她把鸡蛋收集起来孵成小鸡。到年底，她把卖鸡卖蛋的钱凑起来买了几头小猪。三媳妇是个手脚勤快的人，不上半年，就把几头猪养得又大又肥，卖了猪的钱刚好买回一头小牛。

老爷爷听了，不住地点头，说：“三个钱看来很少，会用的人就能做很多事，这个秘诀就是勤劳啊。”

大媳妇和二媳妇听了，连连点头称是。

# 实践出真知

有位专家指出，“学习”二字要分开来看，一个是“学”，是指从书本或前人的经验中学；再一个是“习”，就是练习、实习、实践的意思，注重经验的积累。这是一种活的知识积累，因为社会就是一所终身学习的大学。在注重素质教育的今天，社会实践已成为一种培养综合性人才的重要途径。陶铸同志说过，劳动是一切知识的源泉。

当然，我们说实践出真知，并不是说一个人想要获得科学知识就必须事事经过实践，而告诫我们，在成长的过程中，需要有这种探索的精神、质疑的精神、求证的精神。本章介绍的是一些人注重实践，结果在自己的学业和事业上有很大提升的故事。

## 医学祖师扁鹊

扁鹊，本姓秦，名越人，渤海郡鄚（今河北任丘）人。鄚州有个遐迩闻名的药王庄，那就是他的故乡。

秦越人在周安王元年（公元前401年）前后，出生在一个比较清贫的家庭。他小时候，在一家旅舍专门招待过往客商。他为人忠厚，态度和气，对旅客热情体贴。二十多岁了，还一直在这个旅店工作。

当时的郊州，是一个水陆交通要道，过往行人很多。这里又盛产各种药材，是祖国医药学的发祥地之一。有一位叫做长桑君的民间老医生，每到鄚州行医采药，访求经验良方，都住在秦越人这个客舍。因他医术高明，医德又好，所以很有名望。每当这位年过花甲的老医生风尘仆仆来投宿，秦越人对他总是像对待自己的亲人一样接待他。有时店里客满，他就把自己的床让给长桑君睡，自己随便找个地方打个盹儿。他看到身体瘦弱的长桑君，长年累月背着沉重的药囊，翻山越岭，走千家串万户，风里雨里为人治病，心中十分敬佩。

经过十来年的交往，长桑君觉得秦越人是个诚恳而善良的青年，可以继承他的医疗事业，便收他为徒。长桑君给他讲为医的道德，讲巫术的害人，讲诊治的要领，讲切脉的方法。手把手地教他针灸矫按的技术，将一生积累的经验和秘方全部传授给了他。长桑君还特意打开药囊，把药草一样样拿出来，告诉秦越人到深山采药，到外面出诊，边学习，边实践。

秦越人学得非常刻苦，他把长桑君讲授的知识一点一滴都牢牢记在心里。有一天，长桑君被人接到远处去出诊，却一去未归。是死于颠簸的旅途，还是诸侯争霸的战火，秦越人不得而知。他每天取出老师送给他的那块刻有“知物”二字的竹简，耳边总是回响起老师的谆谆教导：做一个医生，最重要的是要知道人情物理，要有正确的医德和方法。他严格遵照老师的教诲，更加刻苦钻研，并开始了“负芨行医，周游四方”的“走方医”的生涯。

秦越人先在鄚州所在的齐国行医。他不断地从自己的医疗实践中总结经验，又不断地吸收民间的医学知识来丰富自己。这样，他不仅完全掌握了长桑君教给的医术，而且青出于蓝，渐渐超过了他的老师。

几年以后，他离齐南下，到邯郸一带行医。当时的赵国，有尊重妇女的风俗，但妇科病很普遍。为了解除广大妇女的病痛，秦越人用了几年的功夫，专攻妇科病，终于突破了这一难关。于是，所到之处，“灵鹊兆喜”，人们干脆称他“扁鹊先生”。

之后，扁鹊渡黄河到洛阳。看到耳聋、目昏、肢体麻痹等常见病折磨着许多老年人，他又做“耳目痹医”，专攻五官科。数年后，他又沿黄河西进到了咸阳。发现小儿发病率较高，便又根据当地人民群众的这一需要，潜心研究儿科病的治疗。

就这样，扁鹊处处以他的老师长桑君为榜样，不辞劳苦，周游列国，为广大的患者巡回治病。同时“随俗为变”，根据社会的需要，探索和攻克了一道道医学难关。在多年的实践中，他不断地挖掘祖国丰富的医学遗产，虚心向人民群众学习，也同各地的同行交流经验，第一个总结了祖国医学独特而科学的望、闻、问、切的诊断方法。在《史记》中就曾记载了这样一个故事：有一次，扁鹊到齐国行医，在同齐桓侯的交谈中，从他的脸色、眼神中，感到有一种病在他身上潜伏着。于是扁鹊直言不讳地说：“大王，我觉察到你已经有了病，不过病还浅，在皮肤部位，只要抓紧还可以治好。”桓侯不信，说：“我感觉很好，一点病也没有。”过了几天，扁鹊再见桓侯，发现他的脸色更不对了，便诚恳地对他说：“你的病已经侵入血脉了，再不治，病会恶化的。”桓侯仍不相信，并显出不高兴的样子，冷冷地说：“寡人无疾。”仍然不肯就医。又过了几天，扁鹊见桓侯病势更重，十分焦急，郑重地说：“你的病已经到了肠胃间，再不医治，就难以挽救了！”齐桓侯这回可真生气了，心想：我明明没病，你怎么总是三番五次地吓唬我。干脆不理扁鹊了。大约又隔了十天，扁鹊第四次见到桓侯，没说一句话掉头就走了。桓侯觉得奇怪，便派人去问扁鹊。扁鹊说：“桓侯的病开始在皮肤，用熨贴法可以治；后来病在血脉，用针灸可以治；再后病人肠胃，还可以用药酒、汤剂来治疗；现在大王的病已侵入骨髓，什么药也无济于事了。所以我只好走开。”扁鹊走后不久，桓侯果然病情大大发作，只短短几天便病故了。听说桓侯临死前非常后悔当初没听扁鹊的话，扁鹊也惋惜地摇了摇头。

扁鹊的望诊如此高明，他的切诊更是达到了惊人的准确高度。有一次，他带着弟子来到虢国，正遇上虢国为太子办丧事，宫内外到处都在举行消灾弭难的祈祷。一打听，才知道太子暴病而死，脸如白纸，牙关紧咬，已经半天没有气息，但还没有入殓。扁鹊详尽地询问了病情，认为太子只是假死，要求抢救。扁鹊给太子仔细地切了脉，果然发现太子还有微弱的脉息和缓慢的呼吸，大腿内侧也略有体温，便断定太子患的是“尸蹶”症，也就是类似现在的休克。于是，毅然针刺接近大脑的“百会”穴，只过片刻，太子便苏醒过来。接着，又以“五分之熨”，交替温热药敷，烫熨两侧腋下，加速血液循环，太子即在别人搀扶下可以慢慢坐起来了。扁鹊又留下几剂汤药，经过二十几天的凋治，太子完全恢复了健康。

扁鹊“起死回生”的故事，很快传遍虢国，妇孺皆知，大家都把他当作神仙看待。就连他的徒弟们也说：“老师，人家都说你是神仙，什么病在你手里都能治好。”扁鹊听了严肃地说：“我和我的老师长桑君，都像你们一样，是普通人。我并不能把死人救活，而是病人本来就没有死。我看病，除了切脉，还要看病人的脸色五官，闻病人的声音气味，问病人的感觉起居，摸病人的寒热部位，把各方面的症状结合起来，才能断定病人得的什么病，该吃什么药。”并向他们详细地讲解了“望、闻、问、切”的诊治法。两千多年过去了，他的这种科学的诊断法，中医临床上仍在沿用。

扁鹊的名声不胫而走，各国的人民都欢迎他去治病。但是，他所处的时代，是一个巫医猖獗的时代，他的高明的医术遭到巫医及其信奉者的激烈反对。扁鹊率领弟子一路行医，一路宣传，用铁的事实揭露巫医的骗术。据《战国策》等史书记载，晚年他在秦国与魏国行医时，还广泛地接触了古代哲学——朴素的唯物主义思想，使他更坚定地同巫医们进行斗争。司马迁曾把他的行医原则总结为“六不治”：“骄恣不论于理，一不治也；轻身重财，二不治也；衣食不能适，三不治也；阴阳并藏，气不定，四不治也；形羸不能服药，五不治也；信巫不信医，六不治也。”从这里可以明确地看出，扁鹊不仅极端蔑视那些仗权骄横、重财轻命的人，而且对巫医巫术一向深恶痛绝。

扁鹊直至八十多岁高龄仍不辞劳苦，在渭河两岸、关中平原行医。秦武王也早闻扁鹊医术很高，便想请他给自己看病。但是太医令李醯却非常忌妒扁鹊的成就和声誉。他对武王危言耸听地说：“君王的病，在耳之前，目之下，若让扁鹊来治，有使你耳变聋、眼变瞎的危险。”挖空心思地阻挠，同时派出心腹监视扁鹊的动向，在一个漆黑的夜晚，将扁鹊刺杀了。

扁鹊虽然被恶势力杀害了，但人民群众却永远怀念他。河南、山东、河北、陕西，他当年“负笈行医”的许多地方，都有为他修建的庙宇，树立的石碑。他留给后人的伟大著作《扁鹊内经》和《外经》，总结了春秋以前我国劳动人民的医疗经验和他自己的几十年的医疗实践，为我国传统医学奠定了基础。可惜这些著作都已散失，但这位医学先驱的动人故事却代代相传。

## 信陵君重视调查

宏丽的魏国王宫里，魏安厘王同他的弟弟信陵君（？ ~前243）两人正玩局戏（以五木为骰，有枭、卢、雉、犊、塞）。北方边境上传来报警的烽火，说是赵国出兵侵犯魏国，而且已经越过了边界。魏王听到这个消息，马上停止局戏，打算召集大臣商量出兵迎敌。

“哥，咱们继续玩罢，没事。”信陵君阻止魏王，说：“那不是赵国侵犯魏国，而是赵王在打猎哩！”

魏安厘王将信将疑，但总觉得恐惧，心已不在局戏上了。过一会儿，又从北方传来消息说：“方才是赵王打猎，并不是侵犯。”

“弟，你说对了。”魏王感到吃惊，问道：“你怎么知道的呢？”

“调查来的呀！”信陵君坦然地说：“我养了不少门客，嘱咐他们随时调查各国的情况。在赵国也有我派的人，他们天天探听赵王的活动，只要赵王有什么举动，便赶快向我报告，因此我才知道赵王刚才是打猎呀！”

魏王听了很有感触，说：“你真是重视调查的人啊！”

兄弟俩又痛快地继续玩局戏了。

## 陶弘景更正了千年讹误

陶弘景（456 ~ 536）字通明，号华阳隐居，丹阳秣陵（今南京）人。

我国南朝齐梁时期的医学家和道教思想家。齐时官至左卫殿中将军，后隐居茅山。《南史》记载：他“尤明阴阳五行，风角星算、山川地理、方圆产物、医术本草、帝代年历。”他整理汉朝《神农本草经》，写成新的药书《神农本草经集注》。

弘景读书求甚解，不人云亦云。记得小时候母亲给他讲过“螟蛉养子”的故事。说的是有一种叫“蜾蠃”的细腰蜂，因为它们只有雄的，没有雌的，于是它们就飞到菜地里，偷偷地把一种叫“螟蛉”的虫子衔回家，待螟蛉生出幼子时，蜾蠃便念念有词地说：“像我！想我！”不久，螟蛉的儿子果然也变得和蜾蠃一模一样，成了它的儿子了。事情过去很多年了，弘景成了一个很有学问的人。一次，他和朋友一起读诗，当读到《诗经·小雅·小宛》中“螟蛉有子，蜾蠃负之”时，他又想起了母亲讲过的故事。恰巧这个朋友也提起这事，于是就问弘景说：“听人说您是一部活书，什么都懂，那蜾蠃养螟蛉子，究竟是怎么回事呀？”弘景有心再重复一下母亲的故事，但又怕闹出笑话，只好说：“等我查查书再说吧！”

陶弘景查阅了不少书，不论是古是今，全都是一个说法。这可难住了弘景，他转而一想，这些书尽是你抄我，我抄你，查书是查不出结果的，我何不亲自去看个究竟呢？

弘景很容易就找到一窝蜾蠃。他用树枝把窝挑开，只见窝里躺着一些蜾蠃衔来的螟蛉，还有一条条的小肉虫。正好这时有几只蜾蠃飞回来了，弘景仔细观察，发现蜾蠃竟然也有雌雄，还成双飞进飞出。第二天，弘景又去看那一窝蜾蠃，正巧有一条小肉虫在咬一条螟蛉，那条螟蛉已被它吃掉一半。过了几天，弘景再去看时，窝里的螟蛉已全被吃光，肉虫都变成了蛹。再过两天，蛹又化成小蜾蠃扑扑翅膀飞跑了。

“原来如此！”那贪吃螟蛉的肉虫就是小蜾蠃，而可怜的螟蛉却被当作了“婴儿”的食物。陶弘景首次更正了这个历史上的误传，使近千年来的讹误得到澄清。回想起来，当年陶母给他讲过的“螟蛉养子”的故事，对他后来解决这个问题或许还起过作用呢！

# 贾思勰的养羊试验

贾思勰（约480～约550），我国古代的农学家。山东益都人。曾任北魏高阳郡太守。具有广泛的农事知识。他以文献中搜集到的资料和访问老农及自己观察、试验的心得，写成《齐民要术》一书而知名于后世。

贾思勰的家乡很少见到有养羊的。

有一天，家里人看见贾思勰在房后盖了一个羊圈，圈进去了百十只羊，感到很惊讶，就问他："你养这么多只羊干什么？"

"好处多着哪，羊是一种经济价值很高的家畜。羊皮可以御寒，羊毛可以织裘，羊肉可以食用……"贾思勰笑着对家里人说。

"可你知道我们这一带是养不活羊的，以前有不少人家都养过，但都没有养活，也弄不清楚是什么原因，也就没有人再提养羊的事了。你不好好读书，又要养羊，这不是自讨苦吃吗？"家里人对贾思勰的做法很不满意。

但贾思勰却有自己的主意。他从小就好动脑筋，喜欢做一些试验，尤其是对农牧业的兴趣更大。他对家里人说："黄河流域养羊的确实不多，但有不少养活的。为什么我们这一带就不能养活呢？我就是要试验一下，即便羊死了，我也要找出死的原因来。以前，我们这儿养羊之所以失败，关键就是失去了寻找原因的信心。我坚信，羊一定能在我们这一带生存下去。"

家里人见他信心十足，知道他有一股钻劲儿，也就没有再去阻止他。后来，贾思勰把全部心血都用在房后的那个小羊圈里，专心致志地搞养羊试验。

自从贾思勰在自家房后盖了羊圈后，百十只羊生长得很好，他的信心更足了。但是，问题也出来了：好不容易打来的草，往羊圈里一到，一群羊便一轰而上，争相抢夺，结果吃掉的不多，倒被羊踏烂了不少。有什么办法能解决一下这个矛盾呢？贾思勰为这事可犯了愁。

有一天，一家人在闲谈中，贾思勰顺口把这事讲了出来。大家你一言，我一语，都说应想个办法，不然浪费的就太多了。这时，他的一个细心的哥哥走过来对贾思勰说："那天我看见你把一车草推到羊圈旁边后，一群羊就围了上来，隔着篱笆从车上抽草吃，而且吃得很起劲。你看能不能想个办法把羊和草给隔离起来，这样，草不就免得被羊踏了吗？"

贾思勰思忖着哥哥的话，觉得确实很有道理。便对哥哥说："我们可以试一试。"

兄弟俩琢磨了一会儿后，便找来几捆桑树和酸枣树枝，在羊圈里竖插成一个圆形的栅栏，然后把草倒入栅栏里面。草刚刚倒进去，一群羊就围了上来，一个个从栅栏外面抽草吃，不大会儿功夫，一堆草就被吃光了。

贾思勰拉着哥哥的手高兴地跳起来："成功了！成功了！这回我再也不用发愁了。"

## 大蒜怎么变小了

贾思勰是地地道道的山东人，非常爱吃大蒜。

有一天，他到一个亲戚家去做客。吃饭时总觉得嘴里缺点儿什么似的，于是他向主人开口道："能弄到几头大蒜就好了。"主人有些为难，因为他们这里不产蒜。但为了满足贾思勰的要求，跑了好多路，从郊外一个原籍是山东的老头儿那买了几头，兴冲冲地拿回家，递给了贾思勰。不料，贾思勰接过蒜头，并不急于往嘴里送，而是拿在手里翻来覆去，左看右看。心想，自己吃了几十年的大蒜，可从来没见过这么小的蒜头，这蒜怎么会变小了呢？尝一尝，确实是大蒜味。于是，他问主人："您这蒜是哪儿买来的？"主人告诉了他。

于是，他放下饭碗，急忙让主人陪同找到了那个山东老头，老头告诉他："这一带不产大蒜，自己是从外地买来的蒜种，但收成后看到蒜头却很小，种了几年都是这样，而且越来越小，想必是和水土有关系吧。"贾思勰觉得这个问题倒挺有趣，赶忙告别了老头和亲戚返回了家中。

他反复思索着，蒜头为什么会从大变小，也就是说植物为什么会发生变异？于是，他在房后又开了一块地，种了许多从各地找来的蒜种，请来了有经验的农民一同讨论这奇怪的现象。经过几年的试验，他终于弄明白了大蒜由大变小的原因，得出了新的结论。后来，他在书中这样记载着："植物的本性和形态，同他生长的自然环境有着密切的关系，由于自然环境的变化，植物也会发生各种各样的变化。因此，可以用造出特殊环境的办法，人为地创造出新的植物品种来。"

## 孙思邈与"阿是穴"

1961 年，邮电部发行了一套纪念我国古代科学家的邮票，其中有两枚是纪念隋末唐初的医学家，《备急千金要方》和《千金翼方》两部不朽著作的作者孙思邈的。

孙思邈取得成就的重要原因之一，是不迷信过去医书上的条条框框，重视从生活中学习，从实践中探讨。在行医中，他发现得脚气病的往往是富人，而穷人却很少得这种病。这是不是和饮食不同有关系呢？他从分析比较中注意到：穷人的食物中多米糠麸皮，而富人吃的精米白面却把米糠麸皮去得一干二净。他就试用米糠和麦麸来治脚气病，结果非常灵验。于是，他成了世界上第一个记录和治疗脚气病的人。

山区里有许多人得了粗脖子病，孙思邈知道这种病得吃海藻来治。可山区里哪有海藻呢？他想到人们常说"吃肝补肝，吃心补心"，这种脖子上的病能不能用羊靥（羊的甲状腺）来治呢？他临床试了一下，果然有效。今天我们知道羊甲状腺里含有丰富的腆，所以治粗脖子病有效，可在当时，能想到并做到这一步是很不容易的。

有一次，一个患腿疼的病人来求医，孙思邈便给他针灸。他按医书上的穴位扎了几个针，都未能止痛。他想，难道除了古人发现的三百六十五个穴位之外，再没有别的穴位了吗？他细心地寻找新的穴位，一面用大拇指轻轻按掐，一面问病人是不是这儿疼，病人一直摇头。最后，当孙思邈的手指按住一点时，病人发出了“啊，是”的喊声。孙思邈就在这一点上扎了一针，病人的腿立即不疼了。这种痛点在哪儿就在哪儿针灸的方法，是孙思邈的一大发明，后来便把这种随痛点所在而定的穴位叫“阿是穴”。

## 张躁的秘诀

张躁是唐代有奇才的画家，不仅能双管齐下，而且首创了指画。看过他作画的人都惊叹不已。毕宏也是当时著名画家，他不相信张躁真有那样的才能，想亲自去看一看。

一天，毕宏来到张躁家，看见画室的门开着，就悄悄地走了进去，见张躁果然手握两枝画笔同时勾抹，顷刻间两棵松树跃然纸上，一棵生气勃勃，一棵苍老干枯。毕宏禁不住赞叹起来，张躁这才注意到毕宏在旁观看，连忙招呼请坐。毕宏说：“听说您除此绝技之外，还能用手指作画，早想一睹为快。不知肯不肯赐教？”张躁是个爽快人，见毕宏看画心切，就说：“尊兄不要见笑，愚弟献丑了。”说罢，就用食指蘸墨，画起山石来，一会儿又用小指尖轻轻勾点出几只凌空飞翔的大雁，栩栩如生，妙不可言。毕宏等不得张躁画完，就惊喜地说：“贤弟成竹在胸，落墨成画，真乃神笔！不知这精妙的画技是哪家名师所传？”张躁说：“外师造化，中得心源。秘诀就是这八个字。我想，作画既要学习前人，又要超过前人，所以不能总以前辈画稿为师。对天地间的真实景物，如飞禽走兽、草木虫鱼、高山流水，一定要仔细观察，独具慧眼，把它们各自的特征一点一点积累起来，时常揣摩，反复领悟，待动笔时，神态细节历历在目，形之笔端，无不生动逼真。”毕宏听了这番话，频频点头，深为叹服。

## 韩幹临厩画马

韩幹是唐代著名的画家，以画马著称。他画的马形象逼真，神态生动。他之所以能有这样高的艺术造诣，是和他细心观察、凝神默揣分不开的。

唐玄宗时，韩幹被召选入宫，充任“供奉”，专为皇帝作画。刚入宫时，唐玄宗让他向当时画马名家陈闳学习。陈闳一边给他讲画马的技法，一边让他临摹自己画的马。韩幹学习了一些时候，觉得这样不会有所造就。于是，他就跑到御马厩，去看那些雄健肥壮的真马。他仔细地观察它们长嘶时的神态，看它们踢咬时的动作、站卧时的姿势。玄宗见他总往御马厩跑，不高兴地说：“你不老老实实向陈闳学习，何故总往御马厩跑？”韩幹回答说：“陛下，那些神采飞扬、生腾活跃的真马才是我真正的老师。”就这样，他像着了迷一样，到御马厩一看就是半天。回到画室以后，他细细揣摩着马的各种不同形态，凝神构思。为了更好地画出马的动作，他弯腰躬背，亲身体验。一天韩幹的一位朋友来访，推开门，眼前出现了一幅可笑的景象。赫赫有名的大画家韩幹，竟然四肢着地，身作马形，学起马来。那个专心劲儿，连客人进来都没有发觉。那位朋友奇怪地问：“你老兄这是玩的什么把戏？”韩幹这才知道有客人来，连忙站起来笑着说：“我是在练马功呢。这样比试比试，就更能体会马的各种姿态身形，到画的时候，就能得心应手了。”

## 老农评点《斗牛图》

我国唐朝名画家戴嵩擅长画山泽水牛，他画的《斗牛图》被宋朝的马正惠收藏。那画面上两牛相斗，犄角相抵，肌肉绽出，显得刚健有力，十分惹人喜爱。

秋末的一天，风和日丽。马正惠乘闲暇无事，取出这幅珍贵的《斗牛图》，拿到院外晾晒。这时，正好一个交租的老农从这里经过。当看到地上这幅《斗牛图》时，却抿嘴暗笑不止。马正惠走过去轻蔑地对老农说：

"喂，老汉，你还懂得画吗？"

"我哪里懂呀！"老农退向一旁说。

"那你在这里笑什么？"

"我虽不懂画，但对水田里的耕牛还是熟悉的。"老农接着说，"两牛在角斗时，它们的尾巴都是紧紧地夹在两条大腿之间，即使大力士也无法将它们分开。可是，这张图上的两只牛正在角斗，而它们的尾巴却都是竖起来的，这种情况事实上是见不到的。"

马正惠听罢，不得不赞叹老农一针见血的批评。他虽然是国画收藏鉴赏家，还是要拜农为师。可见，只有实践才能出真知。

## 王安石下乡搞调查

王安石青年时期，便立志造福于民，他不仅熟读儒家经典和诸子百家之言，而且十分重视接触社会实际，关心民间疾苦。所做文章，皆切中时弊，见者服其精妙。故二十二岁时，中进士第四名，被派往扬州，任地方长官韩琦下属。有故事说，在扬州上任，王安石利用闲暇，广阅博览。每夜读书直到天明，略歇会儿，日已高，急上府，多来不及盥洗。韩琦疑心安石夜间饮酒作乐，就劝说："你还年轻，不应放弃读书，不要自弃。"过后，才知错怪了安石。扬州三年任满。按规定，王安石此时可以要求到朝廷史馆或秘书省任职，以便于升迁。但王安石却要求下调地方。于是乃调任鄞县（今宁波）县令。是年王安石二十七岁。

王安石到鄞县后所做第一件事，是下乡搞调查。在他所写《鄞县经游记》一文中，记载了这次下乡调查的一些情况。

据记载，第一天，王安石轻装简从，爬山涉水，抵达万灵乡左界。途中和当地乡民研究开渠灌溉问题。晚上宿慈福院。第二天，登鸡山，亲自察看石工凿石情况。下山后又上育王山，晚宿广利寺。第三天到了灵岩海滨，与当地人士商讨建立排灌渠之人海斗门，以防海潮倒灌。晚宿灵岩旌教院。第四天抵芦江，看往年决口处，晚宿开善院。第五天，去天童山，宿景德寺。第六天微明，就和该寺长老瑞新一同上山，中午还寺吃饭。当晚乘小舟夜行。天明，抵大梅山保福寺庄就餐。后上山，过五峰，行十多里约五千米，复乘小船抵小溪，已是半夜。天明观新开渠工程，还食普宁寺。就这样，王安石用了十多天的功夫，跑了十四个乡，对鄞县山川地势，水利设施，民间疾苦，有了实际的了解。为免扰民，一路之上，王安石尽可能食宿于寺院。

经过这番调查，王安石认为鄞县发展农业生产的关键在于兴修水利。在给上司的一份报告中，他写道："鄞县跨负江海，水有所去，故人无水忧。惟山谷之水直泄人海而无所储，易于发生旱灾。"所以，王安石决定，抓住这年丰收的有利时机，利用农闲，在鄞县大修水利工程。由于这些工程符合人民愿望，全县之民闻令即行。"起堤堰，决陂塘。为水陆之利。"（《宋史·王安石传》），工程进展顺利。

王安石上任第二年，又在鄞县试行了青苗法。春天青黄不接，政府对贫苦农民发放贷款，以免除他们受高利贷者盘剥之苦。对帮助穷人度过春荒，起了很好的作用。

有人说，王安石治鄞是他以后变法的预演。这个说法并不过分。著名的"王安石变法"中的许多措施，都可从王安石治鄞时的做法中找到例证。

王安石是中华民族杰出人物之一。由于他的变法活动，而被列宁称为"中国 11 世纪的改革家"。

## 赵友钦勤于实验

赵友钦是我国古代卓越的科学家，号缘督，宋末元初人，是宋朝宗室的子孙。南宋亡后，他定居在浙江龙游鸡鸣山麓。

赵友钦不但读书认真，而且还勤于观察和实验。他在鸡鸣山上筑了一个“观星台”，用来观察天象。为了求得光学上“小孔成像”的科学道理，他进行了规模颇大的科学实验。他在家中的地面上挖了两个直径 4 尺多（1 约合33 厘米）的圆井，一个深 4 尺，一个深 8 尺，井底各放置一块圆板，板上点燃了 1000 多支蜡烛，作为光源，井口盖上一块板，板中央穿一个小孔，在楼板下挂一块可以任意调节高低的板当做屏幕，烛光穿过盖板上的小孔，射到楼板下的屏幕上。赵友钦通过移动屏幕，使之或高或低；或者改变井口盖板上小孔的大小；或者增减烛光，就出现了各种光学现象。他认真地观察、分析了这些光学现象，获得了孔小“影随光之形”，孔大“影随孔之象”的结论。就是说，孔小，影子像光源的形状；孔大，影子像孔的形状。这个结论是完全正确的。他用实验的方法研究物理，比意大利的伽利略还早约二百年；他所进行的大规模“小孔成像”的科学实验，在世界上是首创的。他的这个“小孔成像”科学实验，就记载在他唯一留传下来的著作《革象新书》的《小罐光景》篇中。赵友钦勤于观察，注重实验，从而对我国古代天文、物理、数学的研究，都作出了很多贡献，成为我国历史上著名的科学家。

## 郭守敬事必躬亲

郭守敬是元代杰出的科学家。他一生最重要的科技成就，如大量天文仪器的研制、《授时历》的编制和通惠河的疏浚等都是注重实践、亲自动手完成的。

公元1251年，忽必烈为了巩固蒙汉地主阶级的封建统治，采取了一系列恢复和发展生产的措施。当时，邢台位居南北要冲，又是北方重要的产粮区。但那里的三条河流，却长年淤塞壅阻，经常泛滥成灾。郭守敬担负了主持疏浚河流的任务。

1252年，二十一岁的郭守敬不辞辛苦，亲自来到工程现场进行实地考察。他观察地形地貌，勘测河水流量，探察河流的来龙去脉，并向当地老百姓作调查，了解河水泛滥的时间和规律，询问每年浇地灌溉所需的水量，征求百姓对治水的要求，并向百姓讨教治水的经验。在实地调研考察的基础上，他按照水位、流量和灌溉需要等条件，进行治理设计工作。由于郭守敬前期工作深入细致，对情况了如指掌，制订的方案科学合理，整个治河工程只用了四百个民工，干了四十天就顺利完成了。而郭守敬的调查研究和制订实施方案，却远远不止四十天。这个工程的完成，不但解决了邢州三河的水害问题，而且使附近的农田得到了灌溉之利。几座新桥的建立更使北去燕京的大路畅通无阻，行人不再为跋涉沼泽泥潭而苦恼了。

后来，忽必烈在开平府召见郭守敬。郭守敬向忽必烈介绍了他对华北平原河渠灌溉情况的勘查结果，并针对当时农业生产的具体情况和经济上的需要，提出了六条治理水道的建议。他的建议一目了然而又切实可行，还包括详尽的工程方案。忽必烈十分赞赏他的建议，对左右大臣们说："这样的人可真是个干才，不是那种尸位素餐的酒囊饭袋!"忽必烈当即委任郭守敬为提举诸路河渠的职务，负责经办各地河道水利。

1264年，郭守敬又亲临河套的西夏地区，整治古渠。他采用"因旧谋新"的方法，在故道基础上设计规划。这个方法的制定，也是他对古渠考察勘测的结果。他行程数千米，沿渠察看，发现古渠的设计修建大体合理，可以保留原有的骨架，在此基础上，增加一些新的支脉，联通和延长一些渠道，即可奏效。经过精打细算，设计出既省时又省力的施工方案，不到一年时间，治理工程就全部完成，几十条河渠四通八达，使河套地区成为渔米之乡。当地人民为了纪念他的功绩，特意修建了一座生祠，以表达对郭守敬的衷心爱戴。

## 施耐庵林中观虎

崇山峻岭，古树参天。林中阴森森的，使人觉得有点毛骨悚然。施耐庵（中国元末明初小说家，生卒年月不详）来到一棵大树前看了看，就顺着树干爬上去，坐在树枝上，机警地观察着四周，像是在等待什么。突然，一只梅花鹿“嗖”地从眼前窜过，紧接着，一声雷鸣般的虎啸，从林中跳出一只斑斓猛虎。下面是一场饿虎扑食和惊鹿逃生的惊心动魄的搏斗，施耐庵看得如痴如呆，直到老虎走去多时，他才从树上蹭下来，又转到别处观虎去了。

原来，施耐庵正在构思写作《水浒传》，为了突出英雄的神威，他计划要在作品中多处写到打虎的场面。但自己从来没有见过山中活虎，对老虎的习性、生活动态和捕食情形，都只凭传说和想象了解一个大概，更没有见过猎人打虎的场面，这样写作品，怎能实际地表现老虎的凶猛和英雄打虎的神威呢？为了弥补这个不足，他就到深山里观虎来了，并且找了许多有经验的猎户，了解他们猎虎以及与虎搏斗的情况。所以后来施耐庵在写到解氏兄弟猎虎、李逵沂岭杀虎、武松景阳冈打虎时，都绘声绘色，栩栩如生。

## 徐光启种芜菁

一天，徐光启（明代科学家，1562～1633）在一个学生家发现了一种没见过的蔬菜，很感兴趣，表示马上要在上海试种。学生家长告诉他：“这菜是一个山东客人送的，名叫芜菁。听说南方不能种，在南方种长成的芜菁会变成白菜。”

徐光启不太相信这话。他查了《本草图经》和《唐本草》，确实都有这种说法。但是，问号仍然没有在他头脑中消除。

徐光启托那位学生家长弄了些芜菁种子来，在上海试种。他经过琢磨，决定将种子分两畦种：一畦像南方人种菜那样，只浇水粪；另一畦则采用北方人的办法先用充足的干粪做基肥，然后再浇些水粪，并勤松土。

到了收获季节，只浇水粪的那一畦菜叶长得很大，根很小，果然有点像白菜；而用干粪的那一畦，根却长得很大，像山东的芜菁一模一样。芜菁终于能在南方“安家落户”了，徐光启兴奋地对学生说：“书是必须读的，读了可以增长知识。但是，不能迷信书本。像芜菁变菘，虽然写在书上，却是道听途说的话，并不可靠。可靠不可靠，一经试验就知道。”

## 李时珍捕捉白花蛇

李时珍听说家乡蕲州有一种名叫“白花蛇”的毒蛇，有治疗风痹、惊搐、癣瘕等多种疾病的功效。但这蛇是什么样的？为什么能治病？李时珍还一无所知。要看到蕲州白花蛇，就必须上九峰山去，而九峰山上的白花蛇“其走如飞，牙利而毒”，倘若被它咬伤了，必须立即截肢，否则就性命难保。

李时珍为了识别、研究白花蛇，鉴定一味药材，早将自己的安危置之度外。他背上干粮就向九峰山进发了，经过几天惊险的奋战，他终于捕获了许多条白花蛇，这下他研究蕲州蛇的医药效能便有了可靠的资料了。

# 徐霞客寻仙记

徐霞客（1586～1641）是我国明代著名地理学家。他自幼博览图经地志，后专心从事旅行，备尝艰险，以其观察所得，写成日记。后人把它整理成富有地理学价值和文学价值的《徐霞客游记》。

徐霞客自幼好学。他家后院有一座藏书丰富的“万卷楼”，他常在楼内苦读，甚至通宵达旦。

可是曾有一个时期，他读书不加选择，被那些荒诞离奇的武侠鬼怪小说所迷。相信世上真有呼风唤雨、腾云驾雾的神仙，一心要去寻仙学道。

有一天，他瞒着父母，走出家门，直奔北方去寻找仙迹。直到夕阳西下，也没见到仙人的影子，这时他已精疲力尽，饥饿难忍，恍恍惚惚地坐在那里休息。这时，忽见一个鹤发童颜的老人，拄着拐杖慢步走来。

小霞客见到，真是喜出望外，连忙跪拜道：

“仙翁，请收下我这个小徒弟吧！”

老人听后，哈哈大笑，说道：“小兄弟，我不是什么仙翁，你认错了吧？”

小霞客哪里肯信，执拗地跪在地上不肯起来。

这人无奈，只得慢吞吞地说：“小兄弟，我看你求仙心切，就告诉你神仙在哪里吧。他呀，刚刚离此南去，你赶快追去，越快越好！”

小霞客急忙追问：“神仙长得什么模样？”

老人捋捋白胡须答道：“他是倒拖鞋，反穿裙，眼泪汪汪笑盈盈。”

小霞客听罢跪谢后，便立即起身掉头，向南追去，他不知跑了多久，一直未见到仙人的踪影，却不觉已回到自家门前。

他垂头丧气地敲门，门开了站在眼前的竟是他母亲，模样却同老人讲的一模一样，这下让小霞客大吃一惊。

原来这是老人使的一计。小霞客掉头南追正好回到家中。母亲听到儿子敲门，急忙去开门，鞋子和裙子都穿反了。

徐霞客这才恍然大悟。深悔自己上了那些荒诞小说的当，从此毅然把注意力转向刻苦攻读古今图经地志上。

徐霞客从二十二岁起出游，到祖国四方实地考察。他风餐露宿，千里跋涉，很少骑马、坐船，有时亲自背上行李赶路。他自己写道："不避风雨，不惮虎狼，不计程期，不求伴侣。"

遇有名胜之区，无不披奇扶奥，一山一水，亦必寻其源而探其脉。

他一生游历名山奇川，研究祖国壮丽的水文地貌，每天坚持记日记，积累了大量有价值的资料，成为我国历史上著名的地理学家。还应该特别提出的是，徐霞客的母亲也是个知书达礼的人，她是儿子远行历险最积极的支持者。

## 顾炎武旅行治学

顾炎武是我国著名学者。他具有强烈的爱国主义思想，"天下兴亡，匹夫有责"，就是他的一句名言。

他生活在明末清初。当时，阶级矛盾和民族矛盾都很尖锐，年轻的顾炎武，对此忧心如焚。他意识到自己对国家和人民应负的责任，十分注意身体锻炼，一边和好友们操练刀枪棍棒等作战武器，一边刻苦地练习骑术。有时被烈马一连摔落三次，肩背负伤，仍然坚持练习，终于骑术也练得颇为精熟。

后来，他参加了家乡江苏昆山一带的抗清斗争。失败之后，顾炎武并没有消沉，而开始了旅行治学的活动。

他的旅行治学，并不是简单的游山逛水或为学术而学术，而是在特殊情况下，抱着"纪政事，察民隐"的目的，寻求经世致用的有补于国计民生的道理。他到过河北、山西、陕西和山东等地，一年之中，有一半时间是住宿旅店的。定居北京后，仍然继续活动，足迹几乎踏遍了北京郊区各地。顾炎武不肯乘车或骑坐马匹，他牵的两头大骡子，驮满了图书资料，每到一处，就把实地考查结果和书本上的记载对照参看，做出科学而又详细的记录。他写的《京东考古录》和《昌平山水记》等书，就是他丰硕的治学成果。

## 柳敬亭深入生活学说书

柳敬亭是明末清初的一个大说书家，江苏泰州人，原本姓曹。他年轻时因得罪了地方上的恶势力，只得离乡背井，流落江湖，生活困苦不堪。有一次，他没有地方过夜，晚上只好睡在柳树底下，从此便改为姓柳了。

柳敬亭从小就喜欢读书，尤其爱读历史小说。避难到外乡以后，由于找不到事情可做，就到茶楼酒馆里去说书。开始，柳敬亭说书说得并不好，不能吸引听众。后来，他竟以高超的说书艺术压倒了当时一些著名的说书家。

柳敬亭在艺术上的成功，是在名师指导下，自己坚持不懈地钻研的结果。他的老师是一位名叫莫后光的读书人。莫后光告诉他："说书要摸透各种人物的性情，熟悉各地的风俗习惯，善于描绘万事万物的情状，因此知识面必须宽广；同时，在材料的剪裁和语言的运用方面，又必须苦心研究。"柳敬亭把老师的话深记心头。他白天游街串巷，观察人世间千奇百怪地现象；晚上躺在床上，闭上眼睛捉摸白天看到的一切，把在社会上看到的现象融化到历史故事里去。这样学习了几个月，就跑去向老师请教。莫后光听他说了一段书，说："还差得远哩！"柳敬亭并不灰心丧气，而是继续苦心揣摩。这次他不光是一般地观察社会现象，而是深入生活，广交朋友，体验人们的喜怒哀乐。几个月以后，他再去请教老师，得到了莫后光的称赞。柳敬亭信心更足了，他白天生活在人民群众当中；夜晚在家里关上门窗，把桌椅板凳当做听众，指手画脚地说书给它们听。经过进一步演习，又到老师那里去说书，莫后光不禁吃惊地说："你已经学到家了！"

柳敬亭接受莫后光的指点，一直把技巧的提高和生活的体验结合起来。他对于五方土音、乡俗风尚，无不熟习；对于各种人物和各种事件，也了解了很多。因而在说书时能够深入角色，出神入化，使人如见其人，如闻其声，其技艺远远超过了老师。

## 宋应星著《天工开物》

明朝末年，一个担任江西分宜县教谕（县学教官）的小官儿，正在全力以赴从事一部中国古代百科全书式的科学著作《天工开物》的编写工作。在科举盛行的时代，他心不旁骛，摆脱名缰利锁的羁绊，毅然地深入生产实践，进行工农业生产技术的研讨，置身于一间简陋的茅屋之中，“炊灯具草”，日夜挥毫，伏案疾书，写呀、画呀、改呀，抄呀，辛勤劳动在祖国科苑园地上。

他，就是被称为“中国的狄德罗”的宋应星。

宋应星，字长庚，江西省奉新县人，生于1587年。他自幼聪明好学，酷爱科技。青年时代，读了很多书，并对全国各地的生产技术进行了深入广泛的调查研究工作。1634年，他四十七岁，开始写作《天工开物》，1637年完成，当年在好友涂伯聚资助下刻印出版。这部书对我国劳动人民的生产实践经验作了科学的概括和全面的总结，并附有大量精美的插图。全书内容十分丰富，共三卷，分为乃粒、乃服、彰施、粹精、作咸、甘嗜、陶埏、冶铸、舟车、锤锻、燔石、膏液、杀青、五金、佳兵、丹青，曲蘖、珠玉十八个项目，几乎包括了当时所有农业、手工业生产各个方面。而且每个方面，对原料品种、生产操作过程、产品产量等科学技术问题都作了认真的研究和详细的记述。

《天上开物》对农业的记载特别全面详尽。对选种、育种、耕作、土壤、肥料、水利都作了介绍。关于水稻，提到的就有粳稻、糯稻、香稻、早稻、高山稻；关于麦类，除记述了大麦、小麦、燕麦的育种和作物方法外，并指出“荞麦实非麦类”。关于油类，共列举了十六种。还记述了全国各地的生产经验，如冷浸田使用“骨灰蘸秧根”，合理使用磷肥：“种性随水土而分”，改良农作物品种；蚕蛾杂交而出“佳种”等，说明我国当时农副业生产已经很先进。

《天工开物》对我国手工业的记载，涉及的范围十分广泛，是一本百科全书式的科技著作。如在纺织工业方面的提花织机，结构合理，操作灵便，是当时世界上最先进最精巧的纺织机械。又如在冶金工业方面的把生铁水直接灌注熟铁的“灌钢”法，说明我国曾经是炼钢的先进国家之一。另外，还记载了当时先进的生产工艺，如大型石蜡精密铸造，铸钱时砂型铸造工艺，锌的冶炼技术，金、银、铜的各种金属元素化学性质，以及南方的船舶和北方的车辆，等等。

《天工开物》在讲到种田、做工、使用工具、工效大小时，很注意用数据来总结经验，说明问题。如讲稻秧栽种面积和生长时间，书中说：“凡秧田一亩所生秧，供移栽二十五亩，秧既分栽后，早者七十日即收获，最迟者历夏及冬二百日方收获”；讲水利，说龙骨车“身长者二丈，短者半之”；讲机械，“花机通身长度一丈六尺，隆老花楼、下垂衢脚，对花楼下掘坑二尺许，以藏衢脚”；讲养蚕，说蚕变蛾，要经“十天左右”，一只雌蛾能“产卵二百余”。宋应星在三百多年前已认识到数据的重要，能用科学数据说明事物的构造和状态，是很难得的。

《天工开物》附有二百多幅精美插图。所画的生产工具图，比例恰当，立体感强，照看图样，就可以制造出工具。书中的提花织机、轧蔗车、阶段式瓷窑、大型浇铸锤锻千斤锚等，是世界上较早的科技图录资料。

宋应星的《天工开物》在1637年间刻成出版后，不久又重版。它的文字和材料，为清康熙时的《古今图书集成》、乾隆时的《授时通考》，以及著名植物家吴其浚的《植物名实图考》等重要著作所引述。因为它是在明崇祯年间刻成的，所以叫“崇祯十年原刻本”，是极为珍贵的版本。第一版原刻本曾一度失传。1952年，在党和人民政府的协助下，北京图书馆才得到一部完整无缺的原刻本。这部内容丰富、遭遇很不平凡的奇书，先后被译为日、德、法等多种文字，在国外引起重视。它和贾思勰的《齐民要术》、李时珍的《本草纲目》、徐光启的《农政全书》并称为“我国古代的四大科学名著”。日本学者认为，它是“作为展望在悠久的历史过程中发展起来的中国技术全貌的书籍，是没有比它再适合的了”的重要科技文献。英国李约瑟博士称宋应星为“中国的狄德罗”，把他同法国的《百科全书》的主编狄德罗相提并论，高度评价了宋应星所作出的卓越贡献和不朽劳绩。大约在康熙初年，这位科坛巨人逝世，享年八十余岁，葬于奉新北乡故里戴家园祖茔。

## 李渔探求褐衣之谜

清朝天命年间，在地处南方的一个小书馆里，一位老先生在摇头晃脑地讲书。几个天真幼稚的小学生睁大眼睛在认真听讲，李渔就是其中的一个。先生讲的是《孟子》中的一段，只听他说道：“《孟子》中‘虽褐宽博’一句怎样解释呢？宋朝的大圣人朱熹说，‘褐，就是贫贱人穿的衣服；宽博，就是又肥又长’。”听到这里，小李渔心里可就犯了嘀咕。他想，既然说褐衣是贫贱人的衣服，那么就应该做的短一点，瘦一点，尽量省点布，为什么反倒做得又宽又大呢？这不是互相矛盾吗？他百思不解，于是就大着胆子走到先生面前求教。这位先生是个老学究，他一听李渔提出的问题，一时不知如何回答，然而又要保住自己的面子，于是就装模作样地训斥李渔道：“朱子的话还会错吗？你下去好好念就是了，不准再胡思乱想！”李渔见先生动了气，只好默默退回座位。可这个问题却一直留在他的脑子里。

事过多年，李渔已成为赫赫有名的戏曲理论大家了，他的生活视野也开阔了。有一次，他游历来到塞外，那里真是一片“天苍苍，野茫茫，风吹草低见牛羊”的景象。再看当地人的衣着打扮，人人衣褐，又宽又长，他又联想起童年时代先生所讲的问题，于是就向当地人求教：“为什么你们的衣服都做得这样宽大呢？”人们回答说：“我们都是以牧为生，自织牛羊之毛为衣，异常艰辛。这件衣服有多样用途，白天身上穿，夜间当被盖，不宽不能裹身，不长不能覆脚，里里外外就此一件。”李渔这才恍然大悟：“褐，贱者之服；宽博，肥大之意。”

## 王贞仪“雄心胜丈夫”

清代有个女天文学家，名叫王贞仪，字德卿，江宁（今江苏南京市）人。她是我国科技史上的一颗明珠。

王贞仪出身于封建士大夫家庭。父母对她非常喜爱而又管教甚严，使她从小就养成了酷爱学习的习惯。她学习不仅有钻劲，而且有韧劲，碰到什么问题，不弄懂弄通决不罢休。她虽深居闺阁，但却胸怀宽广，壮志凌云，严以律已，刻苦治学。还在十几岁的时候，王贞仪就对天文学发生了浓厚的兴趣。她不顾夏日炎炎的酷暑，或北风呼呼的严寒，坚持观察天象，考察风云的流动、星座的变幻、气温的升降以及湿度的高低。由于长年观测，她积累了许多第一手天文资料，取得了丰富的气象知识，较系统地掌握了四季气候变化的规律，对某些地区，特别是她家乡地区的气象预测，其准确率达到惊人的程度。

王贞仪既重视书本理论，又很注重实践活动。有时，为了验证书本中的理论，她在自己的家里，因陋就简，创造条件，进行一项又一项的科学实验活动。为了验证望月和月蚀的关系，对月蚀作出正确的解释，她反复实验，常在农历十五日的晚上，在花园亭子间的正中放一圆桌当地球，在亭中梁上用绳子垂系一盏水晶灯当太阳，在桌旁放上大圆镜当月亮，一次又一次摆置、挪动、转移三者的方位，一次又一次地仰望明月星汉，焦思苦虑，反复琢磨，终于写出了很有价值的天文论著《月蚀解》。

特别可贵的是，王贞仪还提出，地球所处的位置是在四面皆天的空间，地球上任何地方的任何人所站的都是地，头顶的都是天。对宇宙空间来说，没有上、下、正、偏的区别。王贞仪的这个相对空间的理论，在当时是一个很有价值的科学发现，澄清了人们对地球的错误认识。

“人生学何穷，当知寸阴宝。”这是王贞仪的治学经验之谈。她随着父亲工作的迁徙，走遍大江南北、塞外关内。在旅途跋涉中，她也从不放松学习和考察。她曾写下了“足行万里书万卷，尝拟雄心胜丈夫”的著名诗句。但是，在“往往论学术，断不重女子”的封建社会里，她的凌云壮志和真才实学却毫无施展的机会。

王贞仪善诗会画，才华出众，除天文、气象外，对地理、数学和医学等多方面均有研究。她只活了二十九岁，在短短的一生中，却写下了包括文、赋、诗、词各种文体的文学著作《德风亭集》二十卷，以及《星象图释》、《筹算易知》、《历算简存》等十多种科学论著。她还对别人的一些天文论著提出新的见解。不幸的是，她的科学成就当时没有受到人们的重视，甚至连她的亲属也不能了解她。王贞仪临终时，只得把自己的书稿转交给一位女友保藏。

## 王清任检尸纠错

王清任（1850～1925）是清朝的医学家。他二十岁开始行医，经过亲身实践，花了四十余年工夫，写成了《医林改错》一书，改正了许多流传多年的错误，是富有创见，敢于“改错”的医学家。

王清任认为，要认识人自身的构造，就应解剖尸体，进行实地观察。但是，在中国封建社会，历来认为“身体发肤，受之父母”，如果解剖人体，将会蒙上“大逆不道”的罪名，因此多少年来，人们就根据自己的想象来描绘人体构造，难免出现很多错误。

1897年，河北省流行麻疹，许多孩子被这种传染病夺去了生命。王清任出诊时，见到不少穷人的孩子死后用草席裹着扔在野地里，有的被野狗咬破肚皮，露出内脏。王清任冒着瘟疫的危险，一连十多天，在坟场、野地观察尸体的内脏。这下他查清了古书上不少错误之处。如，古书上说左肾是肾，右肾是“命门”，然而，经过观察发现右肾和左肾是一样的，并不是“命门”。又如，古书上说气管和心脏是相连的，肺有二十四个气孔等，这些都被王清任一一纠正过来，他说：“著书不明脏腑，岂不是痴人说梦！”

经过长期到坟冢间观察小儿残尸，去刑场检视尸体脏器结构，王清任花了四十二年工夫，写成了很有价值的《医林改错》。书中附有二十五幅插图，其中十二幅是根据古书上对人体的看法画成的，而十三幅是根据他自己的实地调查画成的，相互对照，纠正了古代医书记载脏器结构及功能上的某些错误。

王清任尊重实践，治学严谨。他以自己的行动表明，实践是辨别理论是非真伪的试金石。

## 鲁迅怎样写阿Q赌钱

“咳，开啦里格……天门啦，角回啦，人和穿宝在那里啦，啥人的铜钱拿过来咧……”

这怪腔怪调的歌声从鲁迅的屋子里传出来，人们不禁吃了一惊：先生是从来都不赌钱的呀，怎么今天忽然和赌钱的混在一起了？

原来鲁迅先生正在写作《阿Q正传》，当写到阿Q赌钱一段时写不下去了，因为鲁迅是不会赌钱的，他简直无法描写这个情节。怎么办呢？鲁迅就找来了一个名叫王鹤照的工人，此人对绍兴戏和平民生活非常熟悉。王鹤照将押牌宝和推牌九的方法以及赌钱时的情景，津津有味地讲给鲁迅先生听，并且还得意地哼起了赌钱时唱的歌曲，绘声绘色，好不热闹。

鲁迅像倾听老师讲课的学生一样，仔细地听着，认真地作记录，到重新着手写作时，就把这些亲自调查来的素材，都写进了作品里。于是，阿Q赌钱时生动的场面，就呈现在读者面前。

# 陶行知教学做合一

伟大的人民教育家陶行知，1891 年 10 月 18 日生于安徽省歙县西乡黄潭源村。陶行知青少年时期曾进基督教会办的学校，1914 年赴美留学。1917 年夏获哥伦比亚大学授予的政治学硕士和教育文监两个学位。同年秋，陶行知应南京高等师范学校之聘回到祖国。

教授的头衔、优裕的生活在等着他，然而，陶行知对这些不感兴趣，他是抱着改造中国教育的宏愿回来的。考察了中国的各级教育，针对教师只会捧着书本教学，要求学生只会死记硬背的现状，陶行知提出改革传统的教学方法。尽管遭到保守势力的反对，青年教授陶行知决不后退。当年，五四运动掀起，在新浪潮冲击下，南京高师开设的各科，一律将“教授法”改为“教学法”。后来，陶行知把“教学合一”的主张进一步发展为“教学做合一”。

1926 年，陶行知筹备创办试验乡村师范学校，即后来的晓庄学校。校址选在南京北郊劳山脚下一个原叫小庄的乡村。晓庄学校刚开办时一无所有，陶行知校长带领师生用自己的双手建设校园。一座座茅草屋建起来，研究室、图书馆、大礼堂等一应俱全。

晓庄学校师范部办有三所中心小学，校长教师由师范生轮流担任，这样做既锻炼了晓庄师范学生，又普及了一个地区的乡村小学教育。此外，师范部还办有几所中心幼稚园和乡村医院、民众学校，组织师范生轮流去讲时事，讲故事，进行群众教育。

晓庄师范从开办之日起，陶行知校长即支持学生参加政治活动。晓庄学校开学后不久，北伐军攻入南京，晓庄学校学生协助农民组织农民协会，开展打击封建地主的革命活动。1930 年，晓庄学校学生参加了“四五”反帝游行，学校因此被国民党政府强行封闭，陶行知也遭到通缉被迫流亡日本。

晓庄学校结合生产实际和社会实践进行教学，冲破了学校关门读书的旧教育传统，对半殖民地半封建教育是一个巨大冲击。晓庄学校因而成为中国乡村师范教育的一盏明灯。

陶行知的一生，在教育思想上有创见，在办学上有贡献，培养了不少革命干部和教育工作者。他的一生始终站在人民立场上，为人民民主革命和教育事业鞠躬尽瘁，死而后已。

## 费孝通足迹踏遍山岭村寨

1938年，一篇题为《江村经济》的论文在世界社会学界引起了轰动。论文先后印行四次，被列为社会人类学的名著之一，它的作者后来获英国皇家人类学会的赫胥黎奖章和大英百科全书奖。

论文的作者就是著名社会学家费孝通教授。1935年，费孝通从清华大学研究院毕业后考取了公费留学，但他并没有急于踏上通往异国的道路，而是偕同新婚妻子前往广西大瑶山进行社会调查。在充满艰险的调查中，费孝通摔成重伤，而他的妻子竟不幸落入水中丧生。带着对社会学研究的执著追求和对亡妻的无限哀思，费孝通回到江苏吴江县老家，开始了对开弦弓村的社会调查。就是这次调查，孕育出了著名的《江村经济》一文。

总结数十年治学经验，费孝通深切体会到，知识必须下乡，智力资源才能丰富起来。正因为如此，他把自己的毕生精力投放到对中国农村社会的调查研究上，留下了富有传奇性的“四下江村”、“七上大瑶山”的佳话。1936年他初访江村，写出《江村经济》一文，为世界打开一扇了解中国农村社会的窗口。二十一年后他再访江村，写成长篇通讯《重访江村》，如实介绍了家乡所发生的巨大变化和存在的问题。他三访江村是在农村改革之后，《三访江村》一文生动地反映了改革年代农村的新变化。1982年他连续两次访问江村，提出了抓好小城镇的重要见解。从20世纪30年代起，费孝通曾四上大瑶山，为调查中国落后地区和少数民族的社会生活状况并试图改变这种状况作出了巨大的努力和牺牲。1979 年以来，他又三上大瑶山，从事社会学调查研究工作。几十年来，费孝通为了社会学的研究并使之付诸社会实践，跋山涉水，从海南岛的五指山到青藏高原的古河州，从内蒙古草原到江南水乡，足迹遍布中国的山山岭岭、村村寨寨。他脚踏祖国厚实的大地，与人民血肉相连，不断吸取丰富的养料，推动着学术研究。费孝通认为，中华民族是伟大的历史悠久的民族，解决种种社会问题有不少的好传统、好经验，通过社会调查把这些加以记录、整理、提高，形成指导人类前进的社会学理论，是中华儿女的责任，也是中国社会学者的光荣使命。他的学术研究和实践活动，正是这一认识的最好范例。

## 蔡希陶与大自然血肉相联

“你——就是蔡希陶吗？”鲁迅上下打量着他，说：“我刚看了你的一篇小说，写得很有气派，没想到你是这么个小伙子！”是呵，命运之神差点让蔡希陶当上作家。但是，当他在北平静生生物调查所谋到一份工作，并听说我国丰富的植物标本不断被帝国主义列强掠夺时，痛心得再也坐不住了。他发誓：“我们得有志气，把中国植物学的事业担当起来！”

世界植物中，中国的最丰富。中国植物又数云南省最丰富。云南的大凉山一直是个空白点，那里是奴隶制度，黑彝奴隶主经常下山掳掠人去给他们当奴隶娃子，没有人敢进去。但越是空白点，越需要人进去。“我去！”——蔡希陶义无反顾。

野外调查，采集了一万多号标本。蔡希陶不觉已和大自然结下不解之缘，他吃野菜就能生活，山洞树林可以为家。他不仅和植物打交道，和动物、飞禽也取得了默契，他和整个大自然血肉相联了。

1955 年春天，两位客人来到中国科学院植物研究所云南工作站打听蔡希陶，工作人员一看，竟是周总理和陈毅元帅，激动得鼓起掌来。他们报告中央领导：“蔡所长到西双版纳去了！”周总理很感动：“唔，到原始森林里去了。”开国以后，蔡希陶接受了一个光荣而艰巨的任务：为祖国寻找橡胶树。因为国家迫切需要橡胶。他率领调查队，一路餐风饮露，冒着国境线上蒋军残匪袭击的危险，辗转于滇南各地，历尽千辛万苦，终于在瑞丽找到了两棵巴西三叶橡胶树。后来，一座芽接于实生苗的橡胶林在允景洪热带作物研究所的植物园中开始种植，很快成长繁茂起来。现在，中国已进入世界产胶国的前列。

蔡希陶为什么要离开昆明那银桦闪闪的美丽城市，抛弃舒适愉快的物质生活，跑到莽苍苍的原始森林去呢？再说，他找到的几十万号植物标本，足以满足他后半辈子的科学研究，何苦还继续跋涉呢？蔡希陶自有他的宏图大志。他始终牢记着周总理的指示：“要把西双版纳森林里的野生之材，变为家生之材；要把无用之材，变为有用之材；要把外国之材，变为中国之材。”蔡希陶以及他培养的学生经过几十年的刻苦研究，初步掌握了采取人工群落结构方式，进行合理开垦、充分改造和利用热带雨林的一系列有价值的科学规律。人类文明作为对抗的过程将转化为和谐的交响大乐，这是他的最终目标。

## 齐白石未见之物不能胡画

画家齐白石曾经说过：“为万虫写照，为百鸟传神，只有龙未曾见过，不能大胆乱为也。”这段话表明画家严肃认真一丝不苟的创作态度。白石老人善画花、鸟、果、虫之类，在他的笔下，这些生物无不生气勃勃，维妙维肖。妙技何来？这是因为他注意在生活中细心观察所画的对象，天长日久，他对自然界的小生命都产生了浓厚的感情，他自己养虫养鸟养鱼，还种植花卉果木，时时观察它们的特点，这样拿笔作画，就能用经济的笔墨把所画的对象画得形神皆似。不熟悉的东西，他是不画的。

一次，作家老舍请白石老人以“芭蕉叶卷抱秋花”为题作一幅画。当时齐白石已经九十多岁了，年老体衰，记不得蕉叶新拔是向左还是向右卷着，北京又没有多少蕉叶可供观察，于是老人直率地对老舍说：“只好不要卷叶了，不能胡乱画呀！”老舍听了也不勉强，他明白老人的创作态度是值得提倡的。

## 毛泽东到实践中探寻真理

毛泽东在学生时代就特别注重深入社会实践。1913 年初，二十岁的毛泽东在经历了六年私塾、三年务农、半年当兵、半年自学的复杂生活后，带着对祖国、民族前途的忧虑与思考，在湖南第一师范度过了五年半的时光。他非常好学，而且讲究实践，不但善于读“死”书，还善于读“活”书，读社会这本书。1916 年夏天，他利用暑假，邀同窗好友蔡和森，一把雨伞，一条毛巾，一双草鞋，徒步游历了浏阳、湘阴、岳阳几县，历时一个多月。途中，他们风餐露宿，与农民交谈，劳动，了解地主的剥削和贫农的痛苦。毛泽东将掌握的第一手材料写成文章寄给湖南《通俗日报》，用深刻又流畅的文笔揭露社会中的丑恶现象。对中国农村的实地考察，更坚定了他改造中国社会的信念。

他十分注重在实践中锻炼自己的组织能力和办事能力。从 1915 年起直到 1918 年毕业止，他一直担任校学友会（原名“学生自治会”）的领导工作，或作文牍，或作总务（即总干事），并兼教育研究部部长。在任学友会总务时，学友会工作开展得非常活跃，经常召开成绩展览会、体育运动会、自由演讲辩论会以及各种专门问题的学术研究会，引导学生刻苦钻研学问和锻炼体魄，做到强毅有为，任重道远。学友会的工作，使他组织群众的才能得以充分发挥。

毛泽东一贯同情和热爱劳动者，痛恨工农不能求学的不合理现象。1917 年，他满腔热情主办工人夜校，亲自教课，担任“管理”，筹划有关办学的大小事宜。通过办夜校，他取得了联系工人的初步经验，同工人阶级建立了最初的感情。

1918年4月，他和一批志同道合的朋友正式成立了对湖南以及整个中国的命运影响很大的革命团体——新民学会。1918年6月，他从湖南第一师范毕业。受十月革命的影响，“向西方国家寻找真理”成为那时许多青年向往的事情。毛泽东在湖南发起了留法勤工俭学活动，为中国革命储备了一批干部。但他觉得中国有许多事情需要深入的研究、调查，因此决定自己不出国，留在国内从中国现实中探索救国救民的道路。

## 刘少奇同志来到山东老区

1942年春，刘少奇同志从淮海区党委启程，到山东抗日根据地老区去。经过两天两夜的急行军，强行通过了敌人的几道封锁线，终于到达了山东老区的一个边沿小镇。这时，一行人都已疲惫不堪，有的一坐下来就呼噜呼噜地睡着了。可是少奇同志只是稍稍休息了一会儿，就向镇上走去。

这是少奇同志的老习惯了，他每到一地，总要先观察当地的形势，并且尽可能了解更多的情况。当走到街上张贴的一条“积极进行减租减息工作”的标语旁边时，少奇同志收住了脚步，自言自语道：“这里的减租减息不知搞得怎样了？”

于是，少奇同志就有意地同街上的老乡们靠近，并和老乡们攀谈起来：“日本鬼子和皇协军常来你们这儿吗？你们生活过得咋样？”

谈了许多，少奇同志感到对这个地区的减租减息运动究竟开展得怎样还没有底数。于是，他对随行的同志说：“关于这地方的减租减息情况和老乡们的反应，要进一步考察。毛主席随时随地都注意了解情况，掌握情况，研究情况，发现问题，提出解决问题的正确办法。大家都应好好学着这样做。”

之后，少奇同志又从领导到群众，认真详细地做了一系列调查研究工作，根据山东老区的实际情况，提出了一个改进工作的方案。少奇同志在这里虽然只呆了短短四个月，不仅减租减息运动有很大进展，而且整个山东地区的工作都起了根本性的变化。

## 刘伯承亲自测水深

1947年秋，刘邓大军千里跃进大别山的途中，来到淮河岸边。在渡河之前，上游突然涨水，全军只有敌人劫后余剩的十来只小木船，而敌人有十九个旅从后面追来，河那边还有敌军在堵截，情况十分危急，要求全军必须在两天之内渡过淮河。

刘伯承司令员来到岸边某旅指挥所，向旅政委提了一连串的问题："河水真的不能徒涉吗？河水到处都一样深吗？"旅政委肯定地回答说："到处都一样深，不能徒涉。"刘伯承沉思了一会儿，来到河岸边，手拿一根很长的竹竿，登上了小船，亲自测量起水的深度来。只见他在黎明的迷茫中，在船上随着汹涌澎湃的浊浪一上一下地跳跃着。经过他的实地调查，发现好多地方河水不大深，可以架桥，于是马上在船上写了一纸短信："河水不深，流速甚缓，速告李参谋长架桥。"信发走后，刘伯承用竹竿在地上重重地点着，对那位旅政委说："粗枝大叶就要害死人！"还说："越是到紧要关头，领导干部越是要亲自动手实地侦察。"

刘伯承走后，这位旅政委发现有人从河上游徒涉过来，便马上把这个好消息写信告诉刘司令员，谁知信刚写好，刘司令员又来信说：他亲自看见上游有人牵马徒涉，要立即转告李参谋长不要架桥了，叫部队迅速徒涉。原来，在看到可以架桥之后，刘伯承还不放心，在继续进行调查研究。于是，部队按他的指示，很快开始徒涉，胜利地渡过了淮河。

# 劳动者最快乐

英国哲学家休谟说过："正是劳动本身构成了你追求的幸福的主要因素，任何不是靠辛勤努力而获得的享受，很快就会变得枯燥无聊，索然无味。"教育家苏霍姆林斯基举了一个例子："一个孩子为了浇花，开始提了一小桶水，接着他又提第二桶、第三桶、第四桶，结果，他累得满头大汗。这时，你不必担心，因为对他来说，这其实是世界上任何一种别的喜悦都不能够比拟的真正喜悦。"因为，在这种辛勤的劳动中，孩子们看到了自己劳动的成果，于是就有了一种成就感。

许多家长因为心疼或担心耽误孩子的学习时间，总是不舍得让孩子劳动，实际上劳动可以锻炼孩子，也有助于培养健全人格。本章选取的一些故事，让我们看到劳动是让人感觉多么快乐和充实。

## 百丈禅师不劳不食

百丈禅师年逾六十，仍无一日停下工作。

在严寒酷暑即使年轻的众僧尚且吃不消，而百丈禅师还是照常与众僧们一起下田干活，百丈年届耳顺之年，可谓年迈力衰，大家担心他体力不支，便决定把他平日用的镰刀和锄具藏起来，好让他找不着农具，就在家休息调养。

不料，隔日，百丈禅师要出去劳作，遍寻工具不着，只好歇息。但他什么都不吃，而兀自进入坐禅三昧。

众僧看他一连多日都不思饮食，便问他原因，他答道："一日不作，一日不食。"

他以此晓喻众僧：日常生活的种种都是学禅，没有动，即没有禅。先走后坐的业务工作就是最佳体验。

人生智慧：秉持百丈禅师"一日不作，一日不食"的工作哲学，日积月累，持之以恒，坚守两个绝食挑战的工作心态，用心用情，用力用命，业务目标必可如期达成，顺利超越。

## 喻皓学建筑

喻皓，五代末期生于杭州。做过杭州都料匠，是北宋初有名的建筑家。他擅长营造，尤善建塔，被誉为"造塔鲁班"。宋朝的大文学家欧阳修曾称赞他说："国朝以来，木工一人而已。"还有一句民谣说："诗词数白公，造屋忆喻皓。"足见其技艺之高。

喻皓从小就很喜欢做木工活。他小时候，常常到外面去捡些破木头，将它做成小巧美观的家具、房子、塔等各种玩具。到了二十多岁，他的手艺已经很不错了，能够造厅堂庙宇、亭台楼阁。喻皓学木工，很注意学习吸收各种优秀技术。他年轻时住在洛阳，洛阳城有座相国寺，是唐代修建的著名建筑物。有一次，喻皓到那里去游玩，看到相国寺的门楼结构十分别致，尤其是向上卷起的飞檐，过去从来没有见过。为了学会修造这种飞檐结构，他常常一个人跑到寺前去观察，起初是站着看，累了就坐下来看，坐久了又躺下来看。边看边琢磨，接连看了许多日子，终于弄懂了其中的结构和奥妙，掌握了制造这种飞檐的技术。

喻皓一生负责修建过许多重大的建筑工程，河南开封的开宝寺塔就是其中之一。这是一座八角形的木塔，高 11 层、1100 多米，塔上雕有许多菩萨，塔下修成天宫模样，结构复杂，技术难度很高。喻皓先做了一个模型，然后照模型施工，先后花了八年时间才全部竣工。完工时，人们看到塔身向西北方向倾斜，感到很奇怪，就跑去问喻皓。喻皓回答说："开封地势平坦，四周没有高山，又多西北风，经过风吹和湿气浸润，百年以后，塔身自然会正了。"后来，果然不出喻皓所料，开宝寺塔几十年以后就由倾斜变得笔直了。原来，喻皓不但努力学习钻研建筑艺术，而且每到一地都要仔细研究当地的气候条件、风俗人情，作为设计工程的参考。所以，他在建筑方面取得了很高的成就。杭州建梵天寺塔时，他也曾科学地解决了木塔的稳定问题。喻皓在晚年总结建筑实践经验，写下了我国古代重要的建筑专著——《木经》。可惜这部著作早已失传了。但是，我们从杭州现存的塔幢中，仍可窥见喻皓生活的那个时代高层建筑的状况。

## 地貌学鼻祖徐霞客

公元 1640 年 6 月，江苏省江阴县南旸岐，一位万里遐征的游子回归故乡。岁月的犁铧，把数十年旅途的风雨和艰辛，深深镂刻在他那瘦削的双颊和紫铜色的额头上。

他卧病在床。病榻前，书案上堆放着一沓沓游记手稿和各色各样的"怪石"。他"不能肃客"，颤抖的双手仍攥着"怪石"，"摩挲相对"，细心地观察和研究，直到生命的火焰最后燃熄！

他，就是我国明代伟大的地理学家和旅行家徐霞客。正如清初学者夏隆在《徐霞客游记》的序中所说，徐霞客的确是"千古奇人"，他写的书确是"千古奇书"。在封建科举盛行的时代，他视功名富贵如粪土，终生不入官途，整整三十三年间，拄一根手杖，携一床襆被，与长风为伍，以云雾作伴，登危崖，历绝壁，涉洪流，探洞穴，饥啖野果，渴饮清泉，耳不闻金革，目不睹荒残，徜徉潇洒于人迹不到之境。那一沓沓手稿，是他考察山川河流、溶洞地貌、风土人情写下的几百万字的游记。他以深邃的目光，揭发大自然的奥秘，探讨它的规律，开辟了有系统地观察和探索大自然的新方向。后人将其存世的手稿整理成书，那就是闻名于世的《徐霞客游记》，被誉为“古今游记之最”。那些被人看作“怪石”的东西，其实不怪，它不过是徐霞客采集的岩石标本，是一门新科学的幼苗。正是由于对我国石灰岩地貌的考察和研究，“奇人”作出了奇异贡献，使他成为中国古典地貌学的鼻祖，世界岩溶考察的先驱。

徐霞客，名宏祖，字振之，霞客是他的号。明万历十四年（公元1586年）生于一个官宦世家。到了他父亲徐有勉那一代，家道已经衰落。徐有勉虽然也很有学识，但却终生不为官，也不愿与权贵结交。

聪明的霞客，从小喜欢读书。先祖留下的一座“万卷楼”成了他的乐园。他对科举应试一类的经书从不感兴趣，一捧起历史、地理、探险游记一类的书籍便废寝忘食。这些书强烈地感染着他，使他在少年时代就立下了遍游祖国山川的宏伟志愿。

但是，古语说：“父母在，不远游。”这使霞客踌躇不决。母亲王氏知道了儿子的心意，勉励他说：“好男儿志在四方，怎能为了父母羁留家园，像圈在篱笆里的小鸡，套在车辕上的小马一样呢？”父亲有勉病逝，服丧期满，两鬓斑白的母亲就鼓励独子远游，还特地为儿子亲手缝制了远游冠，以壮行色。为激励其子，这位贤母还不顾八十高龄，强要儿子陪她去游历了家乡的荆溪和勾曲。每次都步行于前，以示自己康健不老。霞客不负良母期望，从二十二岁那年，辞别老母和新婚的妻子，踏上了远游的征途。

徐霞客早年的旅行，主要地搜奇访胜。浙江的天台山、安徽的黄山、江西的庐山、山东的泰山、河南的嵩山、陕西的华山、福建的武夷山等，都留下了他的足迹。他的旅程，时南时北。崇祯元年，他刚刚游历了广东的罗浮，转年又北入京师，上盘山，接着又再游福建。其中有一年，夏秋之间他还徘徊于山西北部的五台和恒山，秋后又南游至福建的漳州。真是天南地北，仆仆风尘。在当时的交通条件下，没有满腔的热忱和坚强的毅力，是断然办不到的。

“奇人”远行，游法也与众不同。为便于实地考察，他从来都是徒步跋涉，间或乘船，绝少骑马。在较长的时期内，随他同游的是一个仆人。但每到险要之地，他都留下仆人，背起行李，只身前往。远游西南时，一位名叫静闻的和尚，有志赴云南鸡足山朝香，与他结伴同行。但是很不幸，静闻因病离世。“西望有山生死共，东瞻无侣去来难”；“别君已许携君骨，夜夜空山泣杜鹃”。和唯一的游侣含泪永别，霞客背负同伴遗骨，在崇山峻岭中孤身前行。按照静闻的嘱托，霞客把伴侣的遗骨一直背到鸡足山安葬。旅途中，他几番重病缠身，经常绝粮挨饿，只好脱下衣裙，用竹竿挑着叫卖。

考察是艰苦的。几十年的旅行探险，所到之处多是人迹罕至之地，徐霞客始终表现了排除万难的无畏勇气和坚韧不拔的科学精神。为了揭开大自然的奥秘，他“不避风雨，不惮虎狼，不计程期，不求伴侣”，“旅泊岩栖，忍饥耐寒”，长年累月奔波在深山峡谷之中。“登不必有径，涉不必有津”，狂风暴雨，行丛林绝境。奔腾的河流挡道，他击水泅渡；探察深邃的洞穴，他有时像蛇似的匍匐爬行。他曾多次路遇强盗，盘缠和财物被抢劫一空；他曾屡屡断粮，不得不以野果填塞辘辘饥肠；也曾失足落水，卷入急流漩涡……

可贵的是，他虽然历经艰险，一次次死里逃生，却从不以为苦。而且不论在何种情况下，一日行程终了，他都要把当日经历和观察所得一一记录下来。有时日行百余千米，疲惫不堪，到晚上他还要在危垣破壁之中，点起如豆的油灯，进行写作。甚至露宿山野，寄身草莽，他也要燃起篝火，坚持写游记。

徐霞客发现，在我国众多的地理古籍中，所记载的多是疆域沿革和建置风俗，对各地的自然地理景观则很少介绍，而且不少是承袭附会，随意穿凿，以讹传讹。他每次出游之前，都要首先阅读有关地理书籍，找出“疑窦”，确定考察的重点目标。每到一地，尽量收集地方图志，认真研究。考察时，“一丘一壑，支搜节讨”。

他听说，潇水的水游有座叫三分石的山峰，是几道水系的分水岭，一支流往广东，一支流入广西，另一支流向湖南，就是潇水。他为了辨别这个说法是否可靠，便找了一伍瑶族人作向导，冒着大雨浓雾，溯潇水而上，在深箐上艰难地攀援了四千米地，终于找到了三分石。他发现事实与人们传说的完全两样，原来从三分石流出的水，都流入湖南境内，并不流往两广，从而纠正了传说中的谬误。

徐霞客三上雁荡山的故事，更是脍炙人口，显示了他科学的求实精神。雁荡山是一座名山。相传山巅积水为湖，秋雁南归多宿于湖，故名“雁荡”，其山则称“雁荡山”。古书记载，大、小龙湫之水源于雁荡。为究其竟，徐霞客冒着生命危险三登雁荡。

初次攀山，是在公元1613年4月。他拨开齐腰的荒草，爬上山顶。这里山脊锋凌，无处落脚。但未见湖的踪影，他不肯罢休。忽见高峰尽处，一石如劈，俯瞰南面石壁下有一级，他便让仆人用包脚布结成长带，自己悬空而下。下去之后才发现，那里并无前进之路。待他攀援而上时，带子磨断，几乎葬身万丈深渊，幸而手抓一块岩石，才得生还。

二十年后，霞客再登雁荡。几历险情，方探得几个崖洞的奥秘。但仍未见到雁群。接着，他三上雁荡，沿一偏僻小径，攀着藤条爬上绝顶，在离绝顶十五千米处，方终于见到了栖息的雁群。

霞客三上雁荡，深入考察，终于弄清山上确有雁湖，也有群雁栖息，但雁湖的水，一支往南，一支往北，均与大、小龙湫无关。至此，雁湖与大、小龙湫的位置和关系，方得正确记述。

最感人的，还是他挺进祖国大西南的万里壮游。那时，他已年过半百。临行前，亲友都劝他结束那种艰苦的探险生活。但他的壮游之志不减当年。他对孩子们说：“就算我死了就是了！”在一个漆黑的夜，大笑出门，乘舟远去。他从江苏出发，取道浙江，进入江西，然后走广西，跨贵州，一直到达云南与缅甸交界的少数民族聚集区。经历了数不清的艰难困苦，历时长达四年之久。旅途中，他对山脉、河流、岩石、土质、地貌、气候以至火山、矿泉、植物、动物等，都作了详尽考察和记录。

我国西南地区，石灰岩分布十分广泛，而且发育完整。徐霞客在这些地区，对岩溶的分布、类型、成因、特征及其农业利用，都进行了前无古人的考察和研究。他盛赞桂林山水“诸峰分峙叠出，离立献奇……如青莲出水，各欲独上”；他热情讴歌阳朔周围是“碧莲玉笋世界”。他考察了祖国大西南的一百多个石灰岩溶洞，而且对每个溶洞的结构和内部情况都作了深入探测。而溶洞的考察，更需大智大勇。许多洞穴，深远莫测，洞中曲折多歧，暗河交错，一旦迷途，便会葬身幽穴。霞客便手举火炬，独自蹚河前进。一次，有一巨蟒横卧洞口，不见首尾，霞客毅然跨蟒而过。后宿于洞中，夜半虎啸，全洞回响，如山崩地动，他也毫无惧色。他就是以这种不畏艰险的精神，两度考察桂林七星岩，踏勘了七星岩的整个山体，对十五个洞口的分布都作了综合描述。其所记各项数据，虽是目测步量，却与20世纪50年代中国科学院地理研究所以科学仪器测量的结果大体相符。同时，他对溶洞、石笋、钟乳成因的解释，也与近代科学相一致。这些卓越的科学成就，都记录在他的游记中。

徐霞客结束了万里遐征，回到故乡，便一病不起。半年后，他的手里攥着两块石头标本离开了人间，终年五十五岁。

他死后，家乡人民曾在石头上刻下这样一副对联：“曾有霞仙居北坨，依然虹影卧南呖。”以表达对他深切的爱戴和永久的怀念之情。

## 大师的蜕变之路

诞生于湖南湘潭农村的齐白石，幼年家境贫寒，仅仅读了不到一年的私塾便失去了学业，齐白石自幼就因先天性的营养不足而体弱多病，而对于仅有一亩水田来维持生存的全家五口人来说，其艰难可以想见。

齐白石七岁时，已能将祖父教的三百来个字背得滚瓜烂熟，牢记于心。祖父认为再也无力教授孙子时，开始长吁短叹：“为家庭的贫困不能供养孙子读书，孙子过人的天分被耽误。”好在天无绝人之路，齐白石的外祖父在枫林亭附近的王爷殿设了一所蒙馆。这样，齐白石虽无力交学费，因为是亲外孙，也得以在外祖父的蒙馆寄学。

聪明的齐白石勤奋好学之余，开始在描红纸上涂鸦起来，没想到他画的东西竟与实物十分相像。不久，他的画在同学中已经小有名气而流传开了。正在齐白石沉浸在读书、绘画的乐趣中的时候，学校放秋忙假了，不巧的是齐白石又生了场病，加上天公不作美，田里歉收，对于已经添丁加口的齐家，无异于雪上加霜。青黄不接的时候，连饭也没得吃了。齐白石的母亲别无他法，哽咽地对他说："年头儿这么紧，糊住嘴巴再说吧！"懂事的齐白石只好无奈地中断了读了不到一年的蒙学。

辍学后的齐白石，平时挑水、种菜、扫地、打柴、放牛等做一些力所能及的家务事，空闲时间，他就读从外祖父那里借来的《论语》，家里能找到的纸片，都被充分利用起来，画满了自己喜欢的画。

齐白石十六岁时，家里人考虑他身体单薄，重活也干不了，便想让他学一门轻松一点的手艺，加上齐白石自己喜欢画画，经人介绍，他便到当地一个叫周之美的名雕花匠那儿学习雕花技艺。这使他对雕刻产生了极大的兴趣，为了节约钱买笔墨纸砚，他吃最简单的饭食，穿单薄的衣服。二十岁的那年，他在做活的时候意外地发现了一套康熙年间刻印的《芥子园画谱》，他如饥似渴地用半年时间全部临摹下来，并且反复临摹，积累了上千张手稿。

1889 年，齐白石在做活的时候，认识了颇有才学的私塾先生胡自悼和陈少蕃先生。

从此，他走上了专门的读书绘画的生活，几年下来，齐白石的画像技艺有了很大提高，并在传统绘画的基础之上创造了一些新技法，创作了不少富有诗情画意的作品。三十多岁时，齐白石才开始苦练治印；他拜黎松安、黎铁安为师，把一枚枚印章刻了又磨掉，磨掉了又刻，学得非常辛苦，半年下来，他便掌握了汉印的基础。

齐白石虽然从未中断过画画，但对于这么精美的仕女画、花卉、走兽图案画，还从未见过和描习过，所以兴致特别高，学得也特别用心，周师傅特别喜爱这个聪明好学的徒弟，没有儿子的他，把齐白石当成亲生儿子看待，常对人夸他那有出息的好徒弟。不久，由于周师傅的好心提携，齐白石在白石铺渐渐也有了名气。1902 年，年近四十岁的齐白石游历了大江南北，每到一处，他都要游历当地的名山大川，了解当地的风土人情，积累了为数众多的速写作品，同时结识、拜访了许多有真才实学的画界名人，鉴赏、临摹了许多秘籍、名画、书法、碑拓等艺术品。这样大大开阔了他的胸怀，提高了他的审美能力和鉴赏能力。

1909 年暮秋，齐白石回到故乡，购置了“寄萍堂”居住，这一住就是十年。这期间，齐白石每天除坚持作画外，就是用功苦读诗词，闭门自修。通过这十年的刻苦磨砺，基本上形成了齐白石朴实、自然的创作风格。

1919 年初春，齐白石已经五十六岁了，他决计北上，定居北京。初到北京后，齐白石的画并不能卖出，仅靠治印以维生，生活极为贫困。但他不断地从黄宾虹等人的画中吸取营养，后来便来了个衰年变法，创造了中国画工笔草虫和写意花卉相结合的特殊风格，终于在陈师曾的提携下，名声大振。

并于 1927 年初春，被国立北平艺术专科学校校长林风眠聘请为教授。他把自己几十年的绘画创作经验毫无保留地传授给学生，著名画家王雪涛、李苦禅、李可染等，都成了他得意门生。在十多年中他居然创作出了万幅以上的作品。

八十岁前后，齐白石的治印的篆法、章法、刀法都表现出了鲜明的特色，被誉为“印坛泰斗”。其画作造型简括、神态生动、笔力雄健、墨色强烈，书与印苍劲豪迈、刀笔泼辣、神奇趣逸。他将画、印、诗、书熔为一炉，使中国传统艺术水平升到新的高度。

1937 年，日军侵占北平，北平沦陷之后，齐白石愤然辞去了北平艺术学院教授的职务，从此紧闭大门，充分表现了这位艺术老人的民族气节。1939 年，为拒绝日伪大小头目纠缠索画，他在大门上贴一纸条：“白石老人心病复作，停止见客”，“画不卖与官家，窃恐不祥”，“绝止减画价，绝止吃饭馆，绝止照相”，“与外人翻译者，恕不酬谢”。及至 1944 年，他决意停止卖画，并以“寿高不死羞为贼，不愧长安作饿饕”的诗句，表示宁可挨饿，也不取媚于恶人丑类。直到 1945 年日本投降，他才公开露面，1946 年初恢复了他的卖画生涯。1957 年 9 月 16 日，齐白石大师走完了他将近一个世纪的生命历程。

## 毛泽东教岸英扫厕所

1937年，毛泽东同志带着儿子岸英在延安凤凰山某地居住。当时岸英只有十四五岁。

在毛泽东住的院外有个小厕所。这里以前一直由警卫班的同志打扫，可是一连很多天厕所总是在战士们去之前就被打扫干净了。战士们心中很是纳闷儿。

一个大雪过后的清晨，战士们很早就起来扫雪。当警卫班长准备去扫厕所附近的积雪时，发现厕所外的积雪早被打扫完了。“是谁打扫的呢？”大家估摸着，一时却猜不出来。忽然，班长听厕所里有人说话：“你到炉灶里掏些灰，用筐子挑来，往厕所里撒一撒。”多么熟悉的声音啊，班长立刻就听出了这是毛泽东同志和小岸英的对话。

原来，毛泽东同志为了培养岸英从小爱劳动的好习惯，特意和岸英一起来打扫厕所。从这以后，警卫战士们经常可以看到一个小男孩打扫厕所，很少间断过。

## 周恩来参加纺线比赛

1942年，国民党顽固派加紧对抗日根据地实行军事和经济封锁。陕甘宁边区的供应十分困难。

为了粉碎敌人的封锁，八路军战士自己开荒种粮，自己纺线织布。各级领导干部纷纷带头。

周恩来当时是党中央的副主席，他也从繁忙的工作中抽出时间和战士们一起参加生产，学习纺线。

周恩来办公的窑洞里就放着一架纺车。这一天，周恩来又坐到纺车前。他挽起袖子，右手握住摇柄慢慢地摇动纺车，左手扯住棉花，纺车越转越快，发出一阵阵“嗡嗡”的响声。纺了一阵子，周恩来抡了抡右胳膊，这只胳膊受过伤，伸屈困难，但他不顾伤痛，休息了一下子又干了起来。

这时，警卫员从屋外进来，见周恩来双手配合灵活，纺车转得飞快，不禁高兴地叫起来：“周副主席，您一只胳膊受过伤还纺得那么好，那么快，真棒！”

周恩来擦了擦额头上沁出的汗珠，大声说：“我还敢跟你们小伙子比一比呢。”

在周恩来的提议下，中央机关决定开展一次纺线比赛。

3 月 1 日上午，在枣园中共中央书记处的礼堂里，一次别开生面的纺线比赛开始了。

礼堂里几十架纺车排列成行。周恩来的纺车是王震送给他的。任弼时也参加了比赛。

只听得裁判员一声令下，几十辆纺车一齐飞转起来。

观看的人屏住呼吸，大家的目光都集中在周恩来的身上，生怕他那只受伤的胳膊受不了。

比赛进行了整整三个小时。

比赛结束了，周恩来被评为纺线能手，纺的线被评为甲等。

评比以后，当场举行了颁奖仪式，同时决定，把周恩来纺的头等线送到农民展览会展出。

周副主席参加纺线比赛的消息，给陕甘宁边区的军民以极大的鼓舞，军民大生产的热情也更加高涨了。

## 周恩来拉车

十三陵水库工地上，人流如织，车队成龙，一片热气腾腾的景象。在那生龙活虎的劳动大军中，一位年逾花甲的老人，正躬腰曲背，着力拉车，他身上的衣服，干了又湿，湿了又干，结出片片的汗花。

这位老人就是周恩来总理。

那是1958年6月，周总理带领中共中央和国务院机关的负责同志到工地参加劳动，周总理出现在工地，工地上一片欢腾。水库工程负责人宣布注意事项后，眼瞅总理，说："欢迎首长指示。"周总理看了一眼旁边的部长们，随后亲切地对水库工程负责人说："这里没有总理、部长的职务，大家都是普通劳动者。你就分配任务吧，怎么指挥怎么干。"

真的，总理是个地道的劳动者，每天笛声一响，他便和大家一起排队出工；太阳落山，又和大家一起唱着歌儿回工棚。住的矮工棚，睡的木板床，吃的馒头白菜汤，一点都不特殊，但是，干活的时候却有选择，什么活重干什么。他兴致勃勃地抬筐运土，高高兴兴地推车送料。当他搬运石料时，一块滚动的石头砸破了手指，鲜血直流。总理受伤了，人们围上来关切地问长问短。有的要去找医生来给他包扎，有的劝他休息两天养养伤。周总理吮吮流血的指头，笑着对大家说："谢谢大家的关心。轻伤不下火线嘛，这点小伤更不算什么。"说完，他拿起拉车的绳子，往肩上一搭，朝推车的同志说："走，运料要紧。"看见总理如此，推车的同志心里热乎乎地又劝道："总理，戴副手套吧，要不，伤口沾了土，会感染发炎的。""戴手套干活不方便。"总理转身拉着车子朝前奔，推车的同志只好紧紧握住车把，脚下使劲，推得车轮飞转。"吱哟哟，吱哟哟……"沿路撒下一串串欢快的歌声。

## 时传祥"一人脏换来万家净"

20世纪50年代的北京，厕所没几个像样的。狭窄的小胡同只有一个又小又破的厕所，有的院子里的厕所，多少年没有下水道，一切都得靠人上掏粪。在旧社会受尽压迫之苦的时传祥，以主人翁的精神勇敢地挑起了掏粪这个有些被人看不起的重担，无冬无夏地、挨家挨户地给首都群众掏粪扫污。

有一次，崇文区有一条胡同，正修理下水道，不巧又赶上了下大雨，住户的厕所污粪即将溢出，粪车又开不进去，怎么办？时传祥闻此情况，二话没说，带领清洁队的同志赶到各院各户，一勺一勺地挖，一罐一罐地提，一桶一桶地背。这条胡同有近千米长，道路又十分泥泞，他们深一脚浅一脚地，从早晨三点钟开始，一直背到下午两点多，共背了一千多桶。厕所全部掏干净了，可他们的肩膀都磨破了。浑身被雨水、污水浸得透湿。住户们一个个拉着时传祥和清洁工们的手，非要他们进屋歇会儿，喝点水暖暖身子，可时传祥他们拒绝了。他们觉得：自己的工作得到了群众的理解和承认，这比什么都强。

为了做好清洁工作，时传祥做起了有心人，他一有空就往居民区跑，不久，他便对大街小巷、各院各户都了如指掌了。谁家有多少人，厕所什么样子，他差不多全能记住。哪里该掏粪，不用人来说，他总是主动地去。而且不管坑外多烂，坑底多深，他都想方设法掏干扫净。为了改进服务态度，让住户满意，他总是主动地征求群众的意见。住户希望在用餐时不要去掏粪，他就主动调整了工作秩序，在掏粪之前，先向住户打招呼，告诉他们不要在院子里晾衣服，已经晾上的，请他们先收拾好。住户有什么困难，他也总是乐于帮助克服。有一家住户的墙倒塌在满是稀粪的厕所里，弄得厕所无法进去，产生极大不便。时传祥知道后，就替他们把倒在厕所的砖头一块块地捞出来，这户老大爷十分感动。有人问他：“你是怎样做到不嫌脏的呢？”

时传祥说：“屎嘛，哪有不脏的？可咱要一人嫌脏，就会千人受脏；咱一人要嫌臭，就会百家闻臭。俺脏脏一人，俺怕脏就得脏一街呀。想想这个，就不怕肮脏了。”

1975 年 5 月，时传祥带着他不能再继续为人民服务的遗憾，离开了人世。临终前，他没有提任何个人要求，只是深情地嘱咐已当了清洁工的儿子时纯利：“我当了一辈子清洁工人，你要接好这个班，努力实现周总理对首都清洁卫生工作的要求。”他为自己这平凡而重要的事业奉献了一生，到死也没想到自己。

# 周礼荣越是艰苦越要去

1958 年，二十三岁的周礼荣从医科大学毕业了。他想到农村那种缺医少药的情景，毅然决定到条件最艰苦的农村去，把青春献给农民。

河南省内偏僻的县城——郸城，迎来了一位年轻有为的医科大学毕业生。消息传出，人们奔走相告。农民们心里乐开了花："再有病可不愁喽！"可有人也提出疑问："咱们这里这么艰苦，他呆得长吗？"

说是县城，其实这里只不过是个乡村小镇。生活和工作条件都十分艰苦，吃的是红薯馍，喝的是玉米糊，逢年过节也吃不上几口肉。他住的是一间草房，没有桌子，没有电灯，没有自来水，晚上点煤油灯照明。医院的手术室就更简陋了，十几间灰蒙蒙的平房，只有一张破旧的简易手术台，上面铺块橡皮布。顶棚上挂着一盏汽灯，床边还有一个烧劈柴取暖的柴油桶。一切都与城市有天壤之别。

周礼荣是铁着心来到这里的，再艰苦的条件也不能使他退缩。他刚到郸城的那几年，上有老人，下有孩子，可每天工资只有四十多元，生活上的困难可想而知。他的一位分在城市大医院的同学来看他，一见这情景，劝他道："这里条件太差了，回上海吧。"

他听后无动于衷："大家都往大城市跑，谁来给农民看病呢？条件靠人创造，人总得有点艰苦奋斗精神，我不能当社会主义逃兵。"

也有人劝他退职自己开个诊所，有名又有利。他回答："我来河南是工作的，不是来赚钱的。"为了坚定地在这里干下去，他还把在上海工作的爱人也调到了郸城。

周礼荣时时想着贫穷的农村，深深爱着勤劳的农民。他常说："作为一个医生，不但要有高超的技术，还必须有一颗美的心。"

在国家经济困难时期，他得了浮肿病，但仍然坚持工作。有一天，一位妇女抱着个病孩来到他的面前。这个孩子得的是严重的营养不良加上黄疸性肝炎，瘦得皮包骨，脸色蜡黄，两眼紧闭，呼吸微弱，必须立即抢救。周礼荣开处方后，叫那妇女去取药，一会儿给孩子输血。那妇女面带愁容地问：“输血得多少钱？俺，俺回村去借。”

周礼荣要回处方，划掉输血那一行，交给妇女：“药不贵，几毛钱就够了。”

妇女出去了。周礼荣伸出胳膊，让护士抽自己的血。那妇女回来的时候，看到这个情景，热泪夺眶而出，她抢上前去，抱过孩子，泣不成声地说：“周医生，俺不治了，他死就死吧，就当俺没生他！”

“抽我的！……抽我的！”护士和医务人员都掉下了眼泪，一个个伸过胳膊，向周礼荣恳求。

周礼荣命令似地说：“不行！我是O型，你们的血还得化验，来不及了。”

就这样，200毫升的鲜血，徐徐注入病孩的血管。病儿得救了，但周礼荣却晕倒了。

三十年来，为了抢救危重病人，周礼荣多次献出鲜血。每一次，他都是刚为病人输完血，又接着为病人做手术。组织上按规定给他的营养品，他都舍不得吃，一一送给了病人。

如果你向郸城的农民打听起周礼荣的事，他们会给你说上几天几夜。他那艰苦奋斗、无私奉献的精神会令每一个人为之动容。

## 渴求知识的罗蒙诺索夫

俄国著名科学家罗蒙诺索夫是一个渔民的儿子，他十岁就下海捕鱼，没有机会上学。可他非常爱学习，有空时就跟着一个邻居学识字。有一次，他跟父亲去邻村一户村民家，在那户人家发现了一本科学读物《算术》，就恳求那家送给他。那家的儿子提出要用一只活的小海象来换。当时不是捕海象的季节，上哪儿去弄小海象呢？求知心切的罗蒙诺索夫用白干四十天活的代价，从一个商人那儿换来了一只小海象。

他满怀喜悦把海象送给那户人家的儿子，那人却恶作剧地要罗蒙诺索夫再在坟场上睡一晚上。为了得到书，罗蒙诺索夫去了坟场。跟死人待在一起，他心里感到很害怕。为了不想那些可怕的死人，他望着天上的星星作起诗来。第二天，他终于如愿以偿地得到了向往已久的书。

罗蒙诺索夫渴望学到更多的知识。十九岁那年，他向邻居借了三个卢布，步行二十多天，来到莫斯科，进入斯拉夫—希腊—拉丁学院，和一群十二三岁的小同学坐在一个教室里上课。

这所学校有个规矩：按成绩排座次，成绩最好的坐第一排，最差的坐最后一排。罗蒙诺索夫一个拉丁文都不识，坐在了最后一排。小同学们趁机起哄他："大傻瓜来啦！"他对这些毫不理会，每天用心听课，刻苦学习，成绩越来越好。他的座位不断向前移动，不久就坐上了第一排。他一年学完了三年的课程，第二年就跳入了四年级，成为全校闻名的优等生。

由于出色的学习成绩，罗蒙诺索夫被选中去德国学习采矿和冶金。他就学于有很高威望的物理化学家沃尔夫教授。教授经常教导他说："不要生活在别人的智慧里，即使对著名的学者，也不应盲目信任。"

他在德国学了五年，回来后，冲破重重阻力，前后奔走好些年，建立了俄国第一座化学实验室。从此，他在那里大显身手，研究了许多化学和物理知识，取得了丰硕的成果。

那时候，化学还没有统一的理论，对一些已知的化学现象有人用一些唯心的观点来解释。例如，对燃烧这个现象，有人认为可燃物中有一种叫做"燃素"的东西，它是一种特殊的发热的流动体，一会儿侵入物体内部同物体结合在一起，引起燃烧，一会儿飘浮在空中。燃烧时，燃素以光和热的形式放出去了，但燃烧物的重量会增加，这是因为燃素有负的质量。

然而，燃素到底是什么？谁也不知道。许多人用各种办法寻找燃素，可谁也没找到。

罗蒙诺索夫决心用实验揭开这个谜。他把金属屑倒进曲颈玻璃瓶，封好瓶口，称准重量，放到火上煅烧。金属屑烧成灰末后又冷却称重。结果发现每次燃烧前后玻璃瓶重量都没有变化。但如果打开瓶口，空气进入后，玻璃瓶的重量就会增加。罗蒙诺索夫断定：金属燃烧时变重是因为与空气(其实是氧）化合的结果，所谓的燃素根本不存在。又经过许多次观察和实验，他发现所有参加反应的物质总重量一定等于反应后生成物的总重量。据此，罗蒙诺索夫提出了物质和运动不灭的概念，有力地冲击了当时在化学上占统治地位的燃素学说。

## 一个人物形象的二十次修改

《复活》是列夫·托尔斯泰晚年的名作。卡秋莎·玛丝洛娃是《复活》中的女主人公。托尔斯泰塑造这个饱经风霜的妇女形象，可说是呕心沥血。

第一次落笔，托尔斯泰对卡秋莎作了如下的描绘：

“她是一个瘦削而丑陋的黑发女人，她所以丑陋，是因为她那个扁塌的鼻子。”

写罢一读，他感到写得不恰当。《复活》的故事，是从青年聂赫朵夫和卡秋莎两人相见开始的，不应把她写得太丑；于是，托尔斯泰改写了卡秋莎的形象：

“她的一头黑发梳成一条光滑的大辫子。有一对不大的，但是黑得异乎寻常的发亮的眼睛，颊上一片红晕，主要的是，她浑身烙上了一个纯洁的印记。”

“不妥！”托尔斯泰改好后读着，心里暗暗地说。“没有把卡秋莎的神情写出来。”于是删去了形容卡秋莎丑陋的词句，改为：

“高高的个子，带着凝神和病态的样子。”

但他又涂抹了这一句，把卡秋莎写成了：

“矮矮的个子，与其说是胖的，不如说她是瘦的。”

后来，又改了：

“她的脸可以说是美的……”

刚写好马上再改成：

“她的脸本来并不漂亮，而且在脸上带着堕落过的痕迹。”

托尔斯泰一改再改，最后似乎感到满意了，就把手稿交给别人去抄写。这时，卡秋莎的形象是这样的：

“一个矮矮个子的黑发女人，与其说她是胖的，还不如说她是瘦的，她的脸本来并不漂亮，而且脸上带着堕落过的痕迹。”

然而抄本送到托尔斯泰手中，他将卡秋莎另画了一幅新的形象——

“美丽的前额，卷曲的黑发，匀正的鼻子，在两条平直的眉毛下面，有一双秀丽的黑眼睛。”

这样的卡秋莎，美丽可爱，纯粹是位天真的姑娘；没一点丑陋，没一点堕落过的痕迹。这样写，显然不符合艺术的真实性，违背卡秋莎走过的曲折的生活道路、人物的特点。托尔斯泰不得不提起笔来改写成：

“她穿着一种镶花边的绿色衣服……长着一张使男人见了不得不再回头看一下的，富有迷惑力的脸……”

但这样写，卡秋莎又是一派放荡的神情了。托尔斯泰感到这样写会影响整篇小说的。托尔斯泰一时困惑矛盾起来。他干脆不再写下去，冷静地琢磨一番，去寻找不能写好卡秋莎的原因。后来，他终于捉摸到了，他在日记中写道：“我明白了，为什么《复活》写不下去呢？因为开头就是虚构的……我明白了这一点，我懂得应该从农民的生活着手，我懂得农民是对象，他们是好的……应该从农民生活着手，我要马上动笔。”

托尔斯泰找到《复活》应该从同情农民这一主题思想的方向着手，服从这主题去塑造卡秋莎才对。于是，把卡秋莎的形象写成：

“从牢房的门口走出一位个子不高，穿着灰色外衣的青年女人。她头上缠着一块白色的头巾，但还是看得出她那乌黑的头发，下面是一个美丽的白净的不高的额头。这个女人的脸上带着一副憔悴的病容，一双乌黑而微微浮肿的眼睛斜视着。

这是第十二次的手稿。

托尔斯泰不再把卡秋莎的过去看成是堕落，而且看作贫困了。托尔斯泰高兴之后，并不满足这一描写，为了把卡秋莎的形象写得更鲜明、更完美，又思考着、修改着，把“这女人的脸上带着一副憔悴的病容”，改成

“这女人的面色显出长久受着监禁的人的那种苍白”，写出卡秋莎所处的特定环境。紧接着这一句，他又加了一句修饰语：“叫人联想到地窖里储藏着的番薯所发的芽。”把她写得更形象些。

托尔斯泰后来又改了又改，到最后，在他第二十次的手稿上，才是我们现在看到的卡秋莎的形象——

“一个小小的年轻的女人，外面套着一件灰色的大衣。她头上扎着头巾，明明故意地让一两绺头发从头巾里面溜出来，披出额角。这女人的面色显出长久受着监禁的那种苍白，叫人联想到地窖储藏着的番薯所发的芽。两只眼睛又黑又亮，虽然浮肿，却仍旧放光，其中有一只眼睛稍稍有点斜睨。”

为了写好一个人物容貌，托尔斯泰不惜作了二十次修改。写《复活》是这样，他写其他作品也如此。他写《安娜·卡列尼娜》，仅开头就曾作了十种不同的写法；他写《战争与和平》，前后改写十五次之多。这是他对创作的严肃态度，也是他的作品所以具有艺术魅力的奥秘。

## 高尔基的生活道路与创作

1868年的一天，在俄国中部的尼日尼·诺夫戈罗德的一个木工家里，一个男孩“哇哇哇”地堕地了。父亲替他取了个名字叫阿列克塞·马克西莫维奇·彼得罗夫。不幸的孩子，四岁时父亲就丧亡了，不久母亲由于生活逼迫不得不改嫁了。阿列克塞只好寄居在外祖父家里。慈祥的外祖母很是疼爱他，可是家境贫寒，阿列克塞在小学只上了三年学就走向了社会，他先到一间时髦的皮鞋店去当学徒，以后又在轮船上当洗碗的工人。厨师史默利是个善良的、有修养的人，引导他看书学习。书成了他的精神食粮，他那悲凉寂寞的心灵开始燃烧起热情的火焰。

接着他又在神像作坊当学徒，到戏院当勤杂工、跑龙套，过着十分艰苦的生活。他酷爱书籍，但没钱买书，常常借书来贪婪地阅读。当他进入一家面包厂当工人后，认识了不少新朋友，参加了这些人领导的一些组织。1889 年 10 月，阿列克塞第一次被捕，拘留了一个月才被释放。这时，他的背袋里已藏着自己写的很多诗稿，瞒着别人暗暗写成的诗篇。

一天，他拿着诗稿《老橡树之歌》，去找作家柯罗连科看看。阿列克塞来到柯罗连科家门口，看见有个人身材粗短，戴着皮帽，正在扫雪。

“你找什么人？”那人问道。

“我找柯罗连科。”阿列克塞回答。

“我就是。你有什么事吗？”

阿列克塞一听他就是柯罗连科，就高兴地掏出稿子，说明来意。柯罗连科翻着厚厚的稿子，温和又热情地和他谈了不少问题。阿列克塞听了一番指点，知道作家的工作是很不容易的。

两个星期之后，柯罗连科把原稿寄还了他；他一看，诗稿的封面上写着批语：“从这首‘歌’上很难判断你的才能，不过可能你是有才能的。请你写点你所经历过的感受，送给我看看。我不是一个诗的鉴赏家，虽然你的诗在个别行间很有力量，很鲜明，但是我觉得你的诗很难懂。”阿列克塞立即把诗稿撕得粉碎，扔进了火炉。他原先想，他的诗写在自己困难的日子里，竭力描写出五色缤纷的真实生活。只要作品一发表，人们读了这些诗，受到感染，世界上就会出现正义的、纯洁的、愉快的生活，可是，现在他的愿望和诗稿一起化作了一缕青烟，他的心里异常痛苦。

1891 年的春天，阿列克塞记着“写你经历过的感受”这句话，背着背袋，顺着伏尔加河往下游走去，又乘船到察里津。从察里津穿越顿河区，乌克兰、比萨拉比亚、克里米亚，流浪到高加索。他要了解俄国，他要了解祖国人民的生活。他靠两脚走了几千里路，观察人，观察生活，观察海洋和轮船，观察高山和草原……他当过搬运工和建筑工，捕过鱼，晒过盐，工作沉重，还常常挨饿。长途漂泊的生活，使他认识了祖国，积累了丰富的素材。

阿列克塞在梯弗里斯，结交了许多正在流放中的政治犯，其中有个叫卡柳希内地对他帮助很大，还鼓励他从事写作。

一天，阿列克塞给卡柳希内讲了一个关于少女拉达和勇士左巴拉的神话故事。

“很好！你把它写出来！”卡柳希内听了鼓励他说。

“能行吗？”阿列克塞问卡柳希内。

“行！”

阿列克塞果真把它写了出来，小说题名为《马加·周达》。卡柳希内怂恿他说：

“寄出去。”

“寄到哪里去？”

“报社。”

阿列克塞在卡柳希内的劝说下，鼓足了勇气，将小说送到梯弗里斯的《高加索日报》去。报馆的编辑爱上了这篇小说。阿列克塞高兴得简直要跳起来，立刻给自己起了一个笔名：玛克西姆·高尔基。就是这篇小说的署名，后来成了全世界知道的那个闪光的名字。这时他才二十四岁。1892 年 9 月 12 日，这篇小说刊登了出来，阿列克塞就把这一天作为自己的文学工作开始的日子。

## 巴甫洛夫植树

条件反射学的创始人，1904 年荣获诺贝尔生理学和医学奖的俄国著名生理学家巴甫洛夫（1849～1936），从小就非常热爱劳动。

在他小时候有这么一段故事。

一天，巴甫洛夫和弟弟米加约好去园子里种树，弟弟非常高兴，他抢先扛起一棵苹果树苗，蹦蹦跳跳地走了。巴甫洛夫赶紧拿起一把铮亮的铁锹紧跟在后面。

两人来到了园子里，向四周看了看，把这棵苹果树种在哪里呢？

“就种在这里吧！”弟弟指了指脚下这块空地对巴甫洛夫说。

“好吧！”说完，巴甫洛夫脱去外衣，举起铁锹挖起土来。

土层很硬，巴甫洛夫憋足了劲，拼命地用脚蹬铁锨，费了很大的劲，才挖了一个很小的坑。

弟弟看到巴甫洛夫满脸通红，浑身是汗，实在过意不去，就从哥哥手中接过铁锨，也学着挖起坑来，不多一会儿，就干得气喘吁吁，双手通红了。

坑渐渐地扩大，兄弟俩越干劲越足，当他们正要把苹果树栽下去的时候，爸爸从屋里跑出来了。

他看着地上兄弟俩挖出的土坑，赞扬兄弟俩是爱劳动的好孩子。可是，紧接着父亲又摇了摇头，指着园子里一块突出的高地对兄弟俩说："你们看，那儿地势高，这里地势低，一下雨，这里就会积水，苹果树不就要被水淹死吗？"

巴甫洛夫心想：对啊！刚才我们怎么没想到呢？

弟弟米加听了爸爸的话，看看自己通红的双手，小嘴一噘，扔掉铁锨不高兴地走开了。

巴甫洛夫并不灰心，他又拿起铁锨，填掉了刚挖好的土坑，擦了擦头上的汗水，跟着爸爸在高地上挑选了一块空地，重新挖起来。

手上磨出了水泡，稍一用劲就钻心地疼。可是巴甫洛夫咬紧牙关不停地挖。坑挖好了，把树苗栽上，他又打来满满一桶水，小心地浇在树根周围，这才高高兴兴地扛起铁锨回家了。

巴甫洛夫从小养成的爱劳动的习惯，一直保持到晚年。一到暑假，他总要回到乡下耕种自己的菜园。国内战争年代，他在实验室周围的空地上种菜，自力更生地解决了吃菜的困难。由于从劳动中获得了乐趣，所以他常说："我不知道我究竟当什么样的人才好，农民、司炉工，或是科学家。"

## 加里宁率子割草

加里宁（1875～1946）是俄国的一位著名教育家。他认为：劳动是人类生存的首要条件。劳动可以使人高尚起来，如果一个人不做事只吃饭，那就等于侵占别人的劳动成果。因此，他始终把劳动作为教育孩子的一个重要内容，而且以身作则，经常和孩子们一起下地干活。

十月革命胜利以后，加里宁担任了全俄中央执行委员会主席，尽管公务繁忙，但他总要抽出时间回乡参加劳动。

有一年，割草的季节来到了，加里宁照例又请了几天假，匆匆地赶回乡下。他一进家门，还没有来得及洗一下脸，吃点东西，就把他的两个儿子和三个女儿叫到身边。

“孩子们，你们都已不小了，应该学会点劳动的本领了。明天，男孩子跟爸爸一起下地割草，女孩子在家帮助祖母做家务，大家说好不好啊!”

“好!”五个孩子异口同声地回答。

第二天，天刚蒙蒙亮，加里宁就把两个儿子叫醒了。他们父子三人带上了水壶和干粮，手里提着镰刀，穿着胶鞋，踏着露珠，兴致勃勃地向前走去。

来到草场，他们立即埋头干开了。父亲在前，两个儿子跟随左右，不一会儿，就割得满头大汗。

太阳渐渐地升高了，割下的牧草也渐渐堆成了小山。休息的时候，两个孩子围坐在父亲身边，啃着带来的干粮。加里宁向孩子们讲述着人类从猿到人劳动进化的故事，两个孩子一边休息一边听得津津有味。

讲完故事，加里宁又催促两个孩子：“快点干吧，趁着露水没干多割一点，今天给祖母割，明天去帮助别人……”

他们割完草，感到又累又饿，回到家里，香喷喷的面包和新鲜的牛奶已经在桌上摆好了。

牛奶是他的三个女儿帮助祖母挤的，面包也是她们帮助祖母烤的。加里宁望着五个累得筋疲力尽的儿女，高兴地笑了。能够为人民劳动，便是最大的幸福。

# 终身坚持的学习习惯

富兰克林小时候非常爱学习，可他只上了两年小学，十二岁开始就到哥哥开的印刷所当学徒。在印刷所，他浏览了许多著作，养成了良好的自学习惯，还经常学写文章。十五岁那年，哥哥筹办了一份报纸，富兰克林想在上面试一试自己的文笔。他想，哥哥肯定不会采用自己的稿子，就化名写了一篇文章，半夜里悄悄放在印刷所门口。第二天，哥哥果然发现了，请人审阅觉得不错，给发表了。以后，富兰克林常常如法炮制，瞒着哥哥发表了不少文章。

十七岁时，他离开家乡到费城一家印刷厂当工人。他良好的自学习惯一点没变，尽管收入很少，还是千方百计省出钱来买书。有时为了买书，就要饿上一整天。

有一次，他在路上看到一位满头白发的老奶奶，饿得走不动了，就把自己仅有的一块面包给了她。这一来，他自己就饿肚子了。但是他拿出书来，心里想：对我来说，只要不饿死，读书的滋味比面包好多了。

富兰克林不但学习努力，做事也非常勤快踏实，从不偷懒，大家都很喜欢他。看到他这么爱学习，有的人就主动借书给他。富兰克林对借来的书十分爱惜，从不乱折乱涂，有破损处还主动修补好，所以大家更乐意把书借给他了。

富兰克林给自己制订了一个“达到道德圆满的勇敢而艰苦的计划”，订了个小本子，专门记录道德修养方面的过与失。每天早晨，他还要订好当天的工作和学习计划，晚上自我检查。从十七岁开始，天天如此。

富兰克林靠着自学，掌握了法语、意大利语和拉丁语等多种语言，阅读各种著作更加方便。他聚集起一帮好学青年，每当一天工作结束之后，共同讨论各种社会问题和自然科学问题，定期宣读各人所写的论文。大家学习的劲头很大，讨论的问题涉及到许多科学领域，但大家所掌握的知识毕竟有限，有时碰到一些疑难问题，谁也解答不了。

遇到这种情况怎么解决呢？富兰克林想出一个好主意，他建议大家把藏书都集中起来，互相取自己所需的借阅，以此让大家读到更多的书，增加更多的知识。在这个基础上，富兰克林拟订了一个详细的计划，到处筹集资金，在费城建立起全美洲第一所公共图书馆。

富兰克林挤出分分秒秒的时间，不断学习，为在生命的航船上扬起知识的风帆，驶向科学王国的彼岸而做好充分的准备。

1746 年，英国学者斯宾士在波士顿做电学表演实验。富兰克林也去观看。实验结束后，斯宾士把一部分仪器送给富兰克林。富兰克林对电学的浓厚兴趣被激发了，又托人从伦敦弄来一只莱顿瓶，从此闯入了电学这块“待开垦的处女地”。

富兰克林是做物理实验的能手，不到几个月，就取得了一个重要发现，总结出电荷有正电和负电两类，为定量研究电荷的性质打下了基础。接着又进一步提出，电荷不能创生，也不能消灭，只能从一个物体转移到另一个物体。

为了揭开雷电现象的秘密，他冒着危险做了著名的电风筝实验，证实天电和地电是完全一样的。弄清雷电的性质后，他发明了避雷针，在科学史上写就了人定胜天的光辉一页。

## 杰克·伦敦顽强进取

学习写作有没有捷径？回答是：“没有！”学习写作技能有没有秘诀？可以说：“有！”

那么，有什么秘诀呢？

请美国的著名小说家——杰克·伦敦来回答吧。

他出生在加利福尼亚州的旧金山，父亲是个破产的农民，颠沛流浪，家庭总是极端的贫困。杰克从小从事体力劳动，十岁就上街卖报，十四岁进奥克兰罐头厂当童工，有时一天甚至干上三十六小时。他无法忍受这种奴役劳动，便离开工厂到旧金山港去捕蠔，做违禁的“蠔贼”。干了一年多，他被雇到小帆船上去当水手，到日本海和白令海去捕捉海豹……

1894 年，他在黄麻厂和铁路工厂干粗活。当时，美国发生了严重的经济危机，工厂纷纷倒闭，工人大批失业。失业工人组成“凯莱工人军”，向华盛顿进发，要求政府采取措施，改善工人生活条件，后遭军警驱散。杰克也参加了这次进军，失败后，他被迫到处漂泊；甚至行乞讨饭，几乎走遍了整个美国。在加拿大，被政府当局作为“无业游民”逮捕，坐了牢，判处三十天苦役。杰克回忆自己的经历和遭遇时曾说：“人生是斗争。意志不是生成的，而是在斗争中锻炼出来的。”的确如此，苦难的生活，饥寒的日子，磨炼出了杰克不屈的斗志，顽强的进取精神。

杰克上中学的时候，自己挣钱养活自己。中学要读三年，他认为学习时间太长，于是读了一年就离开学校，经过三个月的自修就去参加毕业考试。二十岁，他进入大学。在大学里，他独自研究文艺、自然科学，广泛阅读历史和哲学等等书籍，努力扩大自己的眼界，更深刻地认识生活。可惜，由于生活逼迫，只读了一个学期，他离开了大学。

这个时期，他试着给杂志写稿，可是都失败了。但他并没有失去写作的信心。他记得在十七岁的那年，旧金山的《呼声》杂志征求随笔。他在母亲的怂恿下参加应试，结果以《日太海岸的台风》一文荣获了第一名。《呼声》杂志高度评价了他的习作，说：“最令人惊奇的地方是表现出那个青年艺术家把握之广大和沉着的表现力。”杰克试笔的成功，在他的心灵上萌发了从事文学活动的幼芽，以后虽然环境十分艰苦，可是想做一个作家的信念一直没有消失，他坚定地向着拟定的目标走去。

杰克认为要做一个作家，一是要有知识，二是要有写作能力，于是，他以顽强的毅力，发愤读书。他整天泡在图书馆里。限定自己每夜只睡五小时。他像一个着了魔的人，像一个着了火的人。他深更半夜才上床，东方日出就起身，贪婪地阅读，深入研究厨时代作家的作品，捉摸其特点，探讨其风格，求索其写法，学习其语言，从中汲取艺术的养料。他自己觉得“所学到的每一新事物，所吸取的每一新学说，所冒犯的每一旧观念，都是不断进击所获得的成功和胜利”。

1898年，他的处女作——小说《给猎人》在《大陆月刊》上发表了，引起了广大读者的注意，赢得了文学的声誉。此后十六年，他写了近五十本书，其中包括政治幻想小说《铁蹄》，带有自传性质的长篇小说《马丁·伊登》等。

杰克·伦敦在谈到成功的经验时，深有体会地说：“顽强——这就是作家技能的秘密。”

## 海明威的写作习惯

大凡著名作家，都有独自的写作习惯。海明威，这位现代派美国小说家，他的写作习惯异常奇特。

有一次，一位记者访问他：“你那简洁风格的秘诀在哪里？”

海明威不假思索，简单地回答说：“站着写。”

记者听了不觉有些惊奇。

“站着写”，此话并非是海明威故作姿态来哗众取宠。海明威是位站着写的作家，而且是用一只脚站着写。他自己说：“我采取这种姿势，使我处于一种紧张的状态，迫使我尽可能简短地表达我的思想。”海明威这样写作，虽然很是艰苦，但必然迫使他将可有可无的话删去。因此，海明威的作品，不管叙述文字还是人物对话、细节描绘，语言都很自然、清新、精炼，被誉为“电报式”。

海明威还给自己规定了一条苛刻的纪律：不管夜里睡得多晚，或者失眠多久，一大早——八点钟左右，必须走到写字台前进行工作。他在动笔以前，总是重读一遍已经写好的稿子：如果是短篇小说，就从头读起；如果是长篇，手稿积累得很多，就读写好的最后两、三章。他把自己沉浸到小说的情节中去，随后，再提笔继续写下去，进一步开展故事。他还喜欢用铅笔写稿，字迹又大又圆，一个字、一个字清清楚楚，一页稿纸写九十个字。他从清早一直紧张地工作到十二点半，迅速地完成当天的写作计划。他搁笔的时候，往往是他写作活动进行得顺利的时刻，思想最活跃的时候。他说：“最好是在你已经知道下回如何分解的时候。如果你是在写一部小说，每天都这样，那你就不会卡住了。”当然，写作并不是那么顺利的，常常会卡住；卡住了，海明威就以不懈的努力，使作品顺利地写下去。

海明威在长期的创作生涯中，这样站着写，每天坚持几小时的紧张工作，困难是很大的。因为他是在和伤痛与病魔的斗争中坚持着创作的。

第一次世界大战爆发，十九岁的海明威就参了军，随着汽车救护队奔赴欧洲战场，到达了意大利、奥地利战区。不到一个月，在一次战斗中负了重伤，从他身上取出了二百二十七块小弹片。他受尽了肉体和精神上的痛苦。第二次世界大战期间，他又作为记者辗转欧洲战场，多次负伤，健康受到了严重的损害。1954 年年初，他同妻子去东非狩猎，不幸飞机两次失事，他得了脑震荡和患了视觉重叠的并发症，给他造成了永远难以痊愈的内伤。但是，海明威是个好强的人，精力充沛，不肯安闲，一旦走到写字台前，他就坚持他的写作惯例，孜孜不倦，埋头窗下，几十年如一日，写啊、写啊……他不止一次地说：“我要学习写作，当个学徒，一直到死。”

# 勤奋成就事业

华人首富李嘉诚总结自己的成功经验时说过："在20岁前，事业上的成功100%是靠双手勤劳换来；20至30岁之间，10%靠运气好，90%仍是由勤劳得来；30岁后，机会的比率也渐渐提高；到现在，运气差不多要占30%~40%了。"

勤劳、天分、机遇对一个人的成功影响到底孰大孰小？没有定量的评判，但我们知道，这些因素都是必不可少的。而只有勤劳是我们每个人可以控制的，所以古今中外的历代伟人对勤劳多有勉励。张衡说："人生在勤，不索何获？"列宾说："灵感，不过是顽强地劳动而获得的奖赏。"

本章所选的一些名人故事，告诉我们成功并不是一步登天就做到的，勤劳才是成功的必要条件之一。世界上有许多成功的人，在他们成功的背后，都隐含着艰辛的路程。

## 纪昌学射

甘蝇，是中国古代有名的射箭能手。据传，他只要一拉弓，便野兽倒下，飞鸟落地，真是弹不虚发，百发百中。

他有个学生，名叫飞卫，向甘蝇学习射箭，技巧又高过他的老师。

有个叫纪昌的人，听说飞卫射箭的本领比他的老师还要高，就慕名而来，拜师求教，要向飞卫学习射箭的本领。飞卫对他说："要学射箭，得先练基本功，就是长时间地注视一个目标，不眨眼，然后才能谈到学习射箭哩！"

纪昌回到家里，就躺在他妻子的织布机底下，睁大眼睛，一天从早到晚，全神贯注地注视着梭子穿来穿去。就这样两年如一日，天天坚持锻炼，练出了惊人的眼力，即使有人用锥子刺他的眼皮，他也不会眨一眨眼睛。

于是，纪昌兴高采烈地跑去见老师飞卫，说他练得差不多了。飞卫一听他说，就摇摇头说："不行啊，你的功夫还差得多，还得再继续练，直到你把那极细小的东西看得很大很大，把那很模糊的东西看得清清楚楚，到那时候，你再来见我吧！"

纪昌下决心学好射箭。他回到家，按照老师的要求，用一根牛尾巴毛拴住一只虱子，吊在窗口，每天面向南边望着它。奇怪，过了十天，虱子逐渐显得大起来了。他一直坚持了三年，到这时候，那只虱子在纪昌的眼睛里，竟然像车轮那样大。再看其他的东西，多么小的物件，都像小山一样。

纪昌信心十足，他拉开用燕国牛角制造的弓，搭上用寒带木材做成的箭，稳稳一射，正好穿过虱子的中心，而牛尾毛还高高地吊在那里，没有断。

纪昌兴奋极了，他再去见老师飞卫。飞卫特别高兴，拍着他的肩膀说："你已经掌握了射箭的基本功。从现在开始，我来教你射箭的技术！"

后来，纪昌成为一名远近闻名的神箭手。

## 薛谭学艺

战国时候，秦国有一位著名的歌唱家，名叫秦青。他的歌唱艺术水平很高，又热心培养青年人。在他教的一批徒弟中，有个叫薛谭的，音乐素质很好，学习进步也很快。秦青常常表扬他，让他表演，叫大家向他学习，大伙也很佩服他的才能。这样一来，薛谭就有点骄傲自满了，以为把老师的本领都学会了。于是，他就编了个理由，要求停学回家，秦青一听，开始有些惊愕，犹豫了一会儿，想了一个挽留他的办法，于是就答应了他的要求。

薛谭回家那天，秦青送他出城，在郊外大路上举行了一个野餐会。席间，秦青坐在草地上，弹着琴，唱了一曲悲哀的歌子，表示对薛谭辞学回家的惋惜。他那歌声，发自肺腑，感动得在场的徒弟们泪落不止；那歌声，传遍四野，振动得周围的树木似乎也在沙沙作响；那歌声，冲向了天空，使云朵也似乎停止了飘动。

薛谭听着老师的歌声，看着面前的情景，不由得想起了老师曾经讲过的韩娥的故事。韩娥唱歌的余声，能在屋梁上回荡三天三夜，能感动得人们三天吃不下饭，能使人忘掉三天前的悲哀。原来，薛谭不相信天下会有这么高超的歌唱艺术，如今，听了老师唱的这首歌，才心悦诚服，并且明白了自己还没有学会老师的本领，没有达到高深的水平。于是，他噙着两眶热泪，斟了一杯酒，恭恭敬敬地递给秦青，说："老师，你唱得太好了，值得我们学习的地方太多了。我不能走，我要跟您学一辈子！"

从此，薛谭安下心来，时时处处尊敬老师，勤学苦练，再也不提回家的事了。后来，他终于成为一名歌唱能手。

## 司马迁写《史记》

汉朝景帝中元五年（公元前145年）。在黄河岸边的陕西韩城县芝川镇，一户姓司马的人家诞生了一个男孩，父亲为男孩取名为迁。这个男孩长大后，就是中国历史上著名的历史学家司马迁。

据说，周朝时，司马这个姓氏，世世代代掌管记载周朝的历史。后来因为动乱，司马氏世代相传的史职才中断了，所以司马迁的祖辈并不显赫。但是，世代做史官的家世很值得他们荣耀和自豪。

汉朝武帝初年，司马迁的父亲司马谈担任了太史令。太史令官阶不高，俸禄也不丰厚，但是，对于司马氏的家世来说，这是个非同寻常的喜讯。

就在司马迁十岁那年，父亲将全家迁到京城长安附近的茂陵显武里。自幼一边种田放牛，一边努力学习的司马迁，有更多的机会和时间向当时聚集在长安的学者问学求教，从而积累了丰厚的书本知识。

司马迁成年之后，立志继承父亲的修史事业，写出一部能传之后世的史书。旺盛的求知欲使他不满足于已经掌握的书本知识，从而萌动了漫游的念头，他打算到全国各地考察山川形势，搜集流传在人们口头上的活资料和散佚在民间的历史资料，为他今后写史做准备。

二十岁那一年，司马迁背着简单的行李，独自离开长安，踏上了旅途，开始了艰苦的考察生活。

他首先向陌生的南方行进。出武关后，取道南阳，经过随枣古道，过长江来到长沙，寻访汉初文学家贾谊的旧事和资料。贾谊才气横溢，是汉文帝时代最年轻的博士。汉文帝起初十分信任他，后来周勃、灌婴不满意贾谊提出的变更仪法，文帝偏信周勃、灌婴，就疏远了贾谊，并把他派到长沙，做长沙王的老师，后来抑郁而死。司马迁很同情这位怀才不遇、三十三岁就死去的贾谊。司马迁又来到汨罗江畔，凭吊向往光明、向往统一的爱国诗人屈原。站在江边，想到屈原抱石沉江的往事，不禁伤心地落下眼泪。后来，司马迁在《史记》中为屈原贾谊合起来立为一传，取名《屈康贾生列传》，表达他对这二位著名文学家不幸遭遇的同情，以及对他们的景仰和怀念。

离开长沙，司马迁浮舟溯湘水南下，亲自踏访舜帝的葬地——九嶷山。

然后，他折向东去，登上庐山，俯瞰茫茫的江面，考察大禹疏导九江的传说。为了探寻传说中的“禹穴”，司马迁又沿江东下，来到浙江绍兴的会稽山，凭吊大禹陵。

会稽是越国的故地，他注意广泛搜集越国的史料，越王勾践卧薪尝胆、振兴越国的史实，深深地感动了司马迁。

告别会稽后，司马迁登临姑苏山。当年吴王夫差称雄吴越，骄纵声色，不可一世，渐渐疏远贤者，宠信吹牛拍马的小人，最后被越王勾践围困在姑苏山上，求和不得，欲战不能，只得在悔恨之中自杀身亡。后来，司马迁在《史记》中把越王勾践、吴王夫差描写得栩栩如生，都得力于这次实地的考察。

离开吴国故地，司马迁向北来到韩信的故乡淮阴。当地还盛传着漂母教诲韩信的动人故事。在《淮阴侯列传》中，司马迁着意将这个故事写进韩信的传记中，来激励后世的青年人奋发向上。

在淮阴逗留了一段时间，司马迁来到齐鲁故地。最使他醉心的是鲁国的都城曲阜，这是孔子的故乡，当地的儒士常常演习礼乐，弦歌之音不绝于耳，完好地保存着孔子奉行西周礼乐制度的遗风。耳濡目染，司马迁对孔子弘扬文化的功业更是佩服得五体投地。他还专程去邹峄（今山东邹县），登临峄山，踏访秦始皇东巡的遗踪，辨读秦始皇在山上留下的纪功刻石——峄山刻石。他被鲁国的礼乐之风陶醉，禁不住在那里演习了一场“乡射礼”，实实在在地体验到了孔子门徒传下来的礼仪。

楚汉之争，是汉朝建国之前的重要历史事件。他决定在归途中调查汉高祖刘邦及其手下的文臣武将的家世，和他们早期的经历。在司马迁路过蕃、薛、彭城等地时，却困厄了一段时间，那里的青年人大多暴桀，与邹鲁文质彬彬的风气完全不一样。但是，这并没有动摇他漫游考察的意志。反而体味到了孔子困厄于陈、蔡之间的滋味，对他描写孔子的这段经历帮助不小。

到达沛县一带之后，他才了解到，汉朝的开国元勋，原来一个个都是贩夫走卒。在鸿门宴上救刘邦脱险的樊哙，当初是个卖狗肉的屠户；夏侯婴是衙门里跑腿的车夫脚力；周勃靠编织养蚕的草具糊口；萧何与曹参，也只不过是沛县衙门里的小吏。他们当初做梦也没想到以后会成为汉朝的王侯公卿。司马迁了解到这些情况后，情不自禁地感慨道：“王侯将相宁有种乎？”（尊贵的王侯将相难道是天生注定的吗？）后来，司马迁在撰写《史记》时，将他在沛县一带搜集来的史料都编进有关的传说中，为后人研究汉朝的历史保存了丰富的资料。

这次漫游考察，司马迁开阔了眼界，熟悉了祖国的南北地理形势和各地的风土人情、人文景观，搜集到大量闻所未闻的史料，并在民间语言中吸收了丰富的养料，为他以后写作《史记》打下了坚实的基础。

回到长安，司马迁被选拔到朝廷里，做了一名郎官。郎官是皇帝的侍从，职位不高，但能接近皇帝，这对他了解朝中的情况、汉武帝的性格、大臣们的才干，都十分便利。说也凑巧，不久，他又奉命视察巴蜀以南的广大地区，得以遍游少数民族居住的西南各地，沿途所见所闻，他都一一记录下来，成为他后来写史的素材和依据。

当司马迁从西南回到长安，得知父亲在周南病危，他马上赶去看望父亲。司马迁跟从汉武帝去泰山封禅，不料行至周南染上重病，他因自己不能参与这么重大的活动而悲伤，终于卧床不起。

父亲临终前拉着司马迁的手说："自从周幽王以来，四百年间，史书废衰，没有一部好的历史著作。你要记住，我们家的祖先是周朝的史官。我死后，朝廷一定会让你来继任太史令的职务，那么，你就能继承祖先的事业了。希望你不要忘记我平生的志愿，写出一部记载古今历史的史书。"

司马迁俯下身，含着眼泪承诺了父亲的嘱托。

司马谈逝世后的第三年，司马迁被朝廷任命为太史令。他从此开始阅读、整理国家的藏书和档案资料，为写作《史记》做进一步的准备。

就在这时，司马迁遭遇到飞来的横祸。

汉武帝在公元前99年派将军李陵出击匈奴，李陵寡不敌众，被迫投降了匈奴。消息传到朝廷，武帝召集群臣，讨论对李陵的惩罚，司马迁为李陵辩解，汉武帝一气之下，将司马迁逮捕入狱，处以腐刑（割下生殖器）。在封建社会，士大夫宁愿就死，也不愿接受这种羞辱人格、被天下耻笑的刑罚。但是，司马迁想到父亲临终的嘱托，想到自己作为史官的责任，是要写出一部"究天人之际，通古今之变，成一家之言"的历史著作，也就放弃了轻生的念头，决心忍辱负重地活下去。

顶着众人的耻笑，司马迁独居幽室，开始了勤奋的著述。他常常用古代志士仁人在困苦挫折中发奋著述而流芳百世的形象激励自己。

周文王被关在羑里（今河南汤阴），演出了《周易》；孔子困厄于陈、蔡，写出了《春秋》；屈原遭到放逐，才有《离骚》；左丘明双目失明后，写出了《国语》；孙膑被剜去膝盖骨，才写出了《兵法》。

在孤独和悲愤之中，司马迁著史的意志越来越坚定。他订出写作的体例和计划，网罗天下的旧闻，详细考证古代的人物、制度，总结王朝兴衰成败的规律，日复一日，月复一月，年复一年地秉笔直书。

有一段时间，汉武帝又任命他为中书令。但是，对于汉武帝的宠信，他没有丝毫的宽慰和喜悦，耻辱感仍然像阴影一样缠绕着他，支撑他顽强地活下去的事情只是《史记》的写作。

汉武帝末年，司马迁终于完成了《史记》的写作。

这部著作写好以后，过了好些年才公布于世。最初称作《太史公书》，后来定名为《史记》。这是中国历史上第一部内容翔实、资料丰富的纪传体通史，记载了从上古黄帝到汉朝武帝三千年间的历史，共计一百三十卷，五十二万六千五百字。

《史记》不仅在史学上享有崇高的地位，由于它的语言生动活泼，历史人物和情节的描写形象生动，所以它在文学史上的地位也十分重要。

司马迁不仅尽到了史官的职责，而且为中国的史学、文学作出了特殊的贡献。1956 年，司马迁被列为世界文化名人，受到各国人民的景仰。

司马迁忍受着奇耻大辱，完成了《史记》的撰写。是一种什么力量激励着它？是父亲的嘱托，是自己平生的志向，更是他作为一名史官的责任心！

司马迁在逆境中写作时，常常以古代圣贤的动人事迹鞭策自己，在今天，司马迁恪守史官职责的故事对我们不是有着同样的启迪作用吗？

## 董遇“三余”读书

董遇，字季直，东汉弘农（今河南内乡、宜阳以南，陕西柞水以东）人。为人朴实敦厚，从小勤奋好学。汉献帝兴平年间，关中地区兵荒马乱。

董遇和他的哥哥无法生活，只得离乡背井，投奔朋友。

找到歇脚的地方以后，董遇弟兄俩便上山打柴，背到街上卖几个钱，借以维持生活。尽管环境如此艰苦，可是董遇仍然没有放松学习。每次出门，总是带着书本，稍有空闲，就拿出来诵读。他的哥哥常常讥笑他，董遇也毫不在乎，照常见缝插针，刻苦自学。

董遇一面靠自己的劳动维持生活，一面靠自学掌握了丰富的知识。他精通《老子》，替它作了训注；对《左传》也颇有研究，写成了《朱墨别异》。当时一些读书人纷纷慕名而来，请教他有什么诀窍。他总是不肯回答，只是告诉人家说："一定要先熟读，读它一百遍！"他的体会是："读书百遍，其义自见。"请教的人讲："苦就苦在没有时间读书。"董遇便说："应当利用'三余'。"人家问他，"三余"是什么意思？董遇解释说："冬天，是一年里的空余时间；晚上，是一天的空余时间；阴雨天，是临时的空余时间。"

董遇这个生长在战争离乱年代的穷苦人，就是由于善于利用时间，刻苦钻研，终于成了三国时期的著名学者。

## 王羲之勤学苦练见奇功

晋朝时期，我国出了一位大书法艺术家。他的名字叫王羲之，字逸少。因为做过右军将军会稽内史这样的官，人们又称他"王右军"。

王羲之的字写得非常好，被历代书法家、鉴赏家看作最高楷模，称王羲之为"书圣"。他的字迹是我国一份最珍贵的文化遗产。他那字，笔势流畅，气势矫健，正如《晋书·王羲之传》上赞许的那样："飘若游云，矫若惊龙"。意思是说，流利的笔画就像天空流动的彩云那样轻松，那矫健的笔法就像飞动的蛟龙那样有力。

王羲之的书法艺术为什么能够达到那样高的成就呢？这并不是他有什么特殊的天才，而是勤学苦练的结果。

王羲之年轻的时候，看见过东汉时代张芝的书迹。张芝的草字写得很好，被人们称为“草圣”；并且当时还流传着张芝许多苦练书法的动人传说。

东汉时代，纸张还没有在社会上广泛应用。练习写字，只有用绢帛之类的丝织品。张芝家里做衣服用的绢帛，总是先被张芝用来在上面练字，写得实在没法再写了，然后再染上色做衣服。张芝就着一个池塘的水练书法，磨墨蘸笔；写完字，又在池塘里涮笔洗砚。这样，久而久之，那池塘的水也变成了黑色。

王羲之看了张芝的字，听了张芝的这些传说，非常受感动。他决心向张芝学习，努力赶上张芝。在他给自己的朋友写的一封信里，就曾这样说：“张芝临池学书，池水尽黑，使人耽之若是，未必后之也。”

这意思是说：张芝借着池塘的水练习书法，连池塘里的水都变黑了。这说明他下了多少苦功夫啊！如果人们酷爱书法爱到这么深的地步，是不一定赶不上张芝的。

王羲之的这段话说得何等好啊！他既看到了前人的长处，又不盲目崇拜前人，而是决心赶上和超过前人。

王羲之老老实实，不打折扣地实践了自己的诺言，并且确实达到了学习前人、超过前人的地步。因此，关于王羲之练习书法的传说也就多起来了。

例如：在江西省的临川城东面，有一座新城山，山上有一个长方形的池子，人们传说，那就是王羲之练习书法时用过的墨池。

又如：在浙江省永嘉县的积谷山上，也有一个池子，人们传说，那也是王羲之练习书法的地方。宋代的书法家米芾，根据人们的传说，在池塘旁边，题刻了《墨池》二字。

还有，在江西省庐山的归宗寺里，也有一个池子，传说那也是王羲之的洗墨池。

以上这些传说，不一定都是真的，但这表明，古人是极为赞赏王羲之这种勤学苦练的精神的。北宋的大散文家曾巩，就很赞许王羲之的这种勤学苦练的精神，并写了一篇《墨池记》，表示自己的看法。其中说：

“王羲之的书法艺术，到了晚年才达到了登峰造极的境界。这样看来，他擅长书法，就是靠了坚忍不拔的精神才获得成功的，并不是他生来就有这种书法艺术的天才呀！可是，后代的人没有几个可以达到王羲之的水平的。这难道不足以说明，后人勤学苦练的功夫赶不上王羲之吗？看来，勤学苦练的精神肯定是不能缺少的。”

## “只有一‘点’像羲之！”

王羲之（321～379，或303～361，未详），字逸少，会稽人，由于曾任东晋的右军参军，故世称“王右军”。

他是我国的大书法家。他的书法博采众家之长，一变汉魏以来的质朴风格，开创一种妍美豪放的新体，为历代书法家所崇尚，素有“书圣”之称。

王羲之从七岁起开始向卫夫人学习写字，十岁时就已笔力遒劲，顿挫生姿了。他不但认真师法前人，熟读前代许多关于书法的论著，而且历游名山大川，一方面陶冶自己的性情，汲取自然界的力度与姿态，溶于他的书法之中，一方面结识书法界的名师高友，虚心学习他人之长。

他无论走到何处，都废寝忘食地练字，从不辍笔，数十年如一日，未曾间断。

据传，王羲之曾在浙江绍兴戒珠寺（一说兰亭寺）“临池学书”，因长年累月地在池中涮笔、洗砚，致使一池清水变成了黑色。这就是戒珠寺“墨池”的来历。

由于他勤学苦练，写出的字能够力透纸背。有一次，他去看望一个朋友。友人不在，他便提笔在桌上写下几个字，然后便走了。主人回来后，想擦去那几个字，不料用水冲不掉，用力擦也无济于事，只好请木工雕刻下来，留为永久纪念。木工动刀一刻，竟然发现桌面以下三分深的地方犹渗有墨迹。这就是成语“入木三分”典故的源头。

王羲之常常专心揣摩各种字的间架、结构和笔势。走在路上想着写字，吃起饭来也想着写字。由于经常在衣上默写暗划，久而久之，连衣襟都划破了。有一次，他独坐书房练字，妻子送点心来摆在桌上，嘱他趁热吃。他一面随口答应，一边仍手不停笔地练字。后来听见妻子又来催促，便伸出左手拿了点心往嘴里放，妻子望见哈哈大笑，他才明白过来，原来刚才顺手把墨“吃”到了嘴上。

王羲之有个儿子叫王献之。献之见祖父王旷和父亲羲之都成了晋代的名书法家，耳濡目染之中，便对书法也产生了兴趣，一心想继承家学。羲之自然很高兴子承父业，便经常以自己的苦练精神教育他。一次，他轻手轻脚走进儿子习字的书房，见献之正在埋头练字，便从身后猛然去拔他手中笔。原来写字的时候，要用指握笔，拳成中空，把全身之力通过臂、腕，传到指上，再贯于笔头。献之此时已经练习多年，深得握笔要领，父亲未能抽出笔去。随后，父子两人会意地笑了。

献之受到鼓励，更加倍苦练。又过了几年，书法大进。一天，他用心写了个“大”字。看看很是满意，便拿去给父亲批阅。王羲之看后，未置可否，大概是觉得那一撇一捺间距失之过大，就信笔在下面加了一点，成了一个“太”字。献之拿回去端详良久，心中暗喜，便拿去给母亲看。谁知母亲把字远远近近地揣摩了一阵，才说道：“只有一‘点’像羲之！”这句话一出口，真羞得献之无地自容，连忙跑去请教父亲。谁知父亲并没有说什么，却拉着他的衣袖，来到庭院之中。

献之正要请教练字的秘诀，只听父亲指着院叶的十八口水缸说道：“书法之道，全在功力。你把这十八口大缸中的水全部在研墨时用光，就懂得练字的秘诀了。”

献之由此心领神会，愈发刻苦练字。功夫不负苦心人，终于也成了大书法家，与父亲并称“二王”。

# 郦道元和《水经注》

“自三峡七百里中，两岸连山，略无阙处。重岩叠嶂，隐天蔽日，自非亭午夜分，不见曦月。

至于夏水襄陵，沿溯阻绝，或王命急宣，有时朝发白帝，暮到江陵，其间千二百里，虽乘奔御风不以疾也。

春冬之时，则素湍绿潭，回清倒影，绝巘多生怪柏，悬泉瀑布，飞漱其间，清荣峻茂，良多趣味。

每至晴初霜旦，林寒涧肃，常有高猿长啸，属引凄异，空谷传响，哀转久绝。故渔者歌曰：‘巴东三峡巫峡长，猿鸣三声泪沾裳。’”

这是一篇描写长江三峡地理风光的优美散文，出自于古代地理学著作《水经注》，作者是北魏著名学者郦道元。

郦道元，字善长，北魏范阳（今河北涿县）人，生于北魏天安年间（约公元466年前后）。他的祖父曾经担任天水太守。父亲郦范，在北魏时任平东将军、青州刺史。郦道元从小跟随父亲转徙各地，父亲刚正不阿、办事认真的作风对他影响很大，使他也成长为正直无私的人。

父亲死后，朝廷让他继承父亲的爵位，又任命他为御史中尉，负责纠察失职、枉法的官吏。郦道元执法严厉，不徇私情，得罪了许多达官贵人、皇亲国戚，朝廷便把他派到地方上做官，他依然“威猛为政”，盗贼都不敢在他管辖的范围内活动而逃往外地。这引起了其他地方官的不满，指责他是“酷吏”。

郦道元对朝廷的忠诚、办事的公正和认真，不但没有得到理解和支持，反而受到排斥。他自己有些心灰意冷，不再像以前那样认真管事。这样，空闲的时间很多，他又不愿意白白地浪费宝贵光阴，于是萌发了著述的念头。

郦道元从小就喜爱自然山川的风光景物，父亲每到一个地方做官，都带他游览山川名胜，少年时代，他就游遍了山东。长大之后，他喜好游览，尤其在他做官以后，利用做官的便利条件，每到一个地方，他都要游览名胜古迹，留心勘察山川地理形势，弄清每座山的方位、高度，每条河的源流，什么时候发生过山崩、地震、河水改道，水灾旱灾，他都一一记录下来，甚至老百姓口头上流传的故事，他也注意收集。

官场险恶，郦道元不断遭到排挤，官职也不断地在变动，这样，郦道元到过许多地方，勘察的足迹遍及今天的内蒙古、河南、河北、山东、山西、安徽、江苏等广大地区。所以，郦道元对于地理学有非常丰富的感性知识。

郦道元还爱好读奇书，例如《山海经》、《禹贡》、《职方》、《禹本记》、《水经》这类书，当时读书人是不读的，因为做官并不需要这方面的知识，写文章也用不上，一般人也读不懂。郦道元平时就爱留心山川地理，所以爱读这类书，常常一边读，一边作批注。

他渐渐发现，古书上关于地理位置的记载有许多互相矛盾的地方，有的说得不够具体。这更增强了他对地理学的兴趣。于是，他扩大了自己游历的范围，并且积累了数十万字的考察资料，决心写出一部地理学专著。

当时，他读过一部名叫《水经》的书，是三国时期一位名叫桑钦的人撰写的。这部书专门研究河流水道，共记述了全国一百三十七条主要的河流。郦道元很喜爱这部书，而且读了许多遍，因为读这部书使他有一种坐游名山大川的享受。可惜《水经》的原文只有一万余字，相当简略。经过反复的考虑，他决定以这部书记述的河流作为自己著述的线索，用为古人作注的写作体裁来完成自己的地理学著作，引起人们对《水经》这部书的重视。

郦道元把多年来记录的考察资料按《水经》的结构框架分门别类，发现自己收集的资料已经远远超出了《水经》记述河流水道的范围。怎么办？是舍去还是收录呢？如果舍去，写作起来很方便，也很单一，只需一年的时间就可以将注《水经》的工作完成。郦道元觉得这样做没有多大的学术价值，既然要写出一部前无古人的著作，就不能受《水经》只记河流水道的限制。他想：把河流流经的山脉、气候、土壤、物产、城邑的沿革和居民聚落的兴衰都写进注文中，这部书供后人参考和研究的价值不是更高吗？

郦道元开始动笔写《水经注》时，已经四十余岁。他白天到官署办公，处理公文事务，晚上在一盏青灯前伏案著述，每天都写到午夜过后才罢休。他一天一天地消瘦了，劲头却一天比一天充足。

就在这时，妻子从家乡来探望他，见他又黄又瘦，十分心疼，就对他劝告了一番："你也应该保重身体。要是有个三长两短，我和三个儿子依靠谁呀？"

郦道元一听，十分恼火。他生来脾气火爆，现在又写在兴头上，哪里听得进去，不耐烦地说："你看不顺眼，还是回老家去吧，儿子由我来养！"妻子一气之下，留下两个儿子就走了。这两个儿子，郦道元一直将他们带在身边，最后和他一起被杀害了。

过了两年，北方水系的写作基本完成。北方的山川地理、风物人情，他曾亲身游历，十分熟悉，写起来也很顺手。但是，有些地方他未曾去过，特别是江南的许多水系，当时南北两个政权对峙，没有办法去南方作实地考察。为了解决这个难题，他放慢了写作的速度，用心搜罗南方的地理著作，查阅古代的典籍，并且找来官府的地形图，一个水系一个水系地仔细推敲、考证研究。此外，他亲自走访从南方来的商人、文士，询问南方的地理情况，结合对文献的研究，认为确有把握，才写进书里。

在《水经注》的写作过程中，郦道元参考的古书前后达四百多种，直接引用的古书也有三百余种。

在写作期间，郦道元先后由冀州调往荆州，又由荆州免职回京，后来又被任命到河南做官，所以写作中断过几次，特别是被免职闲居那一段时间里，他生活拮据，几乎无法继续《水经注》的写作。《水经注》完稿时，郦道元已经五十多岁了。

《水经注》全书共四十卷，三十多万字，是中国古代地理学巨著。全书记述了一千二百五十二条河流，不仅详细叙述了河流的发源地点、流经地区、支流的分布以及河道变迁，并且将每条河流流域内的地质、地貌、土壤、气候、物产、民俗、城邑、历史古迹以及神话传说等都综合在一起，作了全面的描述。因此，《水经注》的科学价值不仅在地理学方面，其中许多资料对于研究古代的地质地貌、经济地理、农田水利建设工程、城市的沿革演变都具有十分重要的文献价值。

郦道元的文笔格外优美，特别是自然风光的描写，格外引人入胜。像长江三峡之类的精彩章节，在《水经注》中比比皆是。因此，《水经注》又是一部独具特色的山水游记。

郦道元花费十年心血撰写的《水经注》，不仅是自然科学方面的巨著，同时也是人文科学方面的宝贵文献。

郦道元是在逆境中开始著述的，他把著述当做自己的事业。尽管他最终死在官场的倾轧中，但他为后人留下了一笔宝贵的文化遗产，他没有虚度自己的一生。

## 音乐家万宝常

中国历史上的南北朝是个战争频繁的时代。到了南北朝末期，南方有陈朝，北方是北齐与北周对峙。

万宝常出生于江南的陈朝，四五岁时，他跟随父亲渡江北上，归附了北齐。当时，北齐有一位宰相叫祖埏，他除了帮助皇帝处理国家大事之外，他还是一个有家传的天才音乐家，他的遭遇十分坎坷，曾两次被发配为流囚，还被人把两眼熏瞎了。年幼的万宝常早就显露出音乐方面的特殊天赋，八九岁时，一个偶然的机会使他能从师祖埏学习音乐，学习演奏各种乐器。从此，一位天才的盲人音乐家怀着对音乐的挚爱，日复一日地教导着一位聪颖好学的童子，使这棵音乐天才的幼苗在古代音乐的土壤上扎下了根，一天天茁壮成长起来。

但是，巨大的不幸降临了。万宝常的父亲图谋逃回江南，事情败露后被杀害了。年仅十岁的万宝常也受到株连，因他有音乐才能，被发配为乐户，成为卑贱的、没有人生自由的乐工。这种身份与奴隶几乎没有差别。万宝常从此失去父母、亲人，失去故乡，孤独地在异乡过着奴隶生活。

然而他的音乐天才却没有因此而窒息。也许是艰难育成了他，一切做人的权利都被剥夺了的他，只有音乐可以凭借，可以系念，他把精力全部倾注在音乐上。几年之后，他已经通晓音乐知识，能够娴熟地演奏各种乐器，成为一个难得的音乐人才。

这时的万宝常已经不仅仅是一个手持笙箫列于队中为皇帝百官演奏的一般乐工了。他还为北齐宫廷制造了精美的玉磬，成为宫廷演奏时必不可少的主要乐器之一。他师承祖氏家学，祖珽的父亲祖莹做过北魏的太常卿，主持宫廷音乐的创作，宝常将这些音乐加以整理，称为“洛阳旧曲”。因为洛阳是北魏的都城，流行于洛阳一带的乐曲，吸收西北少数民族胡乐与中原华夏雅乐而融为一体，很有独特风格，这些宝贵的音乐资料因而得以流传下来。

一天，万宝常与几个同行一边吃饭，一边讨论音乐曲调。谈到高兴之处，宝常看看面前的杯盘碗盏，便随手拿起竹筷敲击起来，那些大大小小的碗盏什物立刻传出抑扬顿挫的旋律，不亚于弦乐之妙，而且奏出来的就是刚才讨论到的曲调。众人大为赞叹，一时传为佳话，宝常也因此得到“知音”的美誉。

正当万宝常艺臻成熟之时，中国历史上又经历了一次重要的改朝换代：杨坚建立隋朝，长达三四百年的南北朝分裂局面结束了，天下重又归于统一。斗转星移，换了人间。可是，万宝常的身份却没有丝毫的变动，仍然是一名乐工，一个奴隶。

为了适应开国形势的需要，隋文帝杨坚召集郑译、苏夔、何妥等一批高级官吏，着手整顿宫廷音乐，准备颁发新的律制。哪知这些人各立朋党，争论不休，几年过去了，始终没有结果。之所以如此，除因缺少音乐知识而引起的纠葛外，其实质是官僚们都想借制定新律的机会为自己争得政治权势。

万宝常虽然这时不过是一名低贱的乐工，但是他在音乐上的才华使得大臣、宰相，乃至至尊的天子都不能忽视他，所以每次议乐都要传唤他参加，征求他的意见。

在参加议乐的人中，一派以郑译为代表，极力推崇胡乐，以胡乐的音律为正，斥汉晋以来的音律为乖戾；一派以苏夔为代表，引经据典地认为只能有宫商角徵羽五音，不赞成学习胡乐音律。多年在音乐王国里遨游的万宝常，深知中国雅乐与西域胡乐各自的精华是可以兼容、相得益彰的。那些不学无术、腐朽不堪的权贵哪里懂什么音乐，于是他面对满朝权贵和天子，提出融雅乐、胡乐为一体，自成新乐的主张。不用说，以万宝常身份之卑微，他的建议未被采纳。

尽管如此，万宝常从未放弃他对音乐艺术的执着追求。一次，郑译制成乐曲奏上，隋文帝询问万宝常："此曲如何？"

"此亡国之音，难道陛下应该听这种音乐吗？"宝常毫不客气地回答。

文帝听后很不高兴。万宝常便将自己多年钻研的结果禀报文帝，说明这种音乐"哀怨淫放，非雅正之音"，并要求以水尺为律来调制乐器。文帝下诏允许他去做。

万宝常奉旨后，将他的音乐理论付诸实践，制造了多种乐器。试弹奏后，乐曲婉转流畅，耳闻目睹者莫不惊叹，于是人们纷纷仿效，改造了不少乐器。用这些乐器弹奏出来的乐曲，声音雅淡、清远，效果极佳。

可是，宫廷中主管音乐的太常卿等人却很不喜欢，极言诋毁、贬斥。所以，隋朝的宫廷乐制中既未采纳他的意见，也未对他的卑贱地位稍予改善。他倾注毕生心血所造成的乐器终为权贵们所忌而闲置不用，而他自己在劳瘁之余更加以悲愤，贫病交迫，竟至饿死。死前，他愤然烧掉自己的全部著作——六十四卷的《乐谱》，书里记载着他承继前人、又独树一帜的乐律理论。这时的万宝常还不到四十岁。他用自己的死表示了对那些忌妒他、排毁他，剽窃他的学说，使他一生陷于奴隶境遇而不肯让他扬眉吐气的权贵们的抗议，也用自己的死捍卫了音乐艺术的纯洁。

万宝常所制定的宫廷乐器对后世的俗乐留下了深远的影响。他的律学理论到了唐代，为祖孝孙所恢复，在唐代丰富、绚丽的音乐艺术的春天里，有万宝常播下的种子在发芽、生长。

万宝常十岁就沦为乐户，地位如同奴隶一般。在这样的逆境中，万宝常把音乐看成是生活的维他命，是人生的全部内容，是自由的象征。他的肉体与精神的存在，都只是为了音乐。沦为乐户是强加的，献身音乐事业则是自愿的。正因为如此，可以说，是万宝常把自己造就成为一个音乐家，并为中国古代乐律、乐器的改进作出了重要贡献。如果他自暴自弃，他永远只能是一个乐工而已。

## 勤奋好学的尹崇

唐高宗年间，长安城内有个元都观，观里有个很有学问的道士叫尹崇。尹崇有很多藏书，有一段时间，有个叫张遂的少年天天到观里来借阅藏书。那个少年看起书来，常常连饭都忘了吃。尹崇很喜欢这个勤奋、刻苦的少年，常对周围的人说："这孩子定会有大出息的。"

由于不间断的学习和思考，张遂在年轻时就对天文历法有了很深的造诣，在京城长安颇有名气。武则天做皇帝后，她的侄子武三思当了大官。武三思野心勃勃，企图独揽朝政，但又苦于自己不学无术。他听说张遂很有学问，就想拉拢他，想让他为自己观测天象预测吉凶。张遂十分讨厌武三思这种权贵，不想和这种人交往，就到河南嵩山的嵩阳寺，削去头发做了一名和尚，法名一行。

僻静的嵩山寺，一行不受干扰更加专心致志地研究天文学。天文学需要大量的数学知识，一行遍访学者，步行一千多千米，拜浙江天台山的一个和尚为师，学习数学。后来又辗转到湖北当阳的玉泉山，继续研究天文。

唐玄宗即位后，派人把一行请进京来，主持修订新历法。一行认为历法与老百姓的生产、生活有密切关系，就答应了。

为编新历法，一行做了大量的观测研究工作，带领一班人马在全国十三个地方测量北极高度和春分、夏至、秋分、冬至那几天中午的日影长度，和天文仪器制造家梁令瓒一起设计制造了黄道游仪，测定太阳在宇宙中运动的轨道和其他星辰的运行情况，前后花了好些年才编出了新历法的草稿。而在新历法实施时，一行由于过度劳累去世了。

## 怀素的秃笔冢

几位邻村行人路过怀素的家门口，不禁吓了一大跳：房子旁边的空地上添了一座高高的新坟。

到底是谁死了呢？怎么没有听到噩耗呀？行人纳闷起来。可是仔细一瞧，又觉得有些不对头，坟前既没有上香烧纸，也不见物品供奉，大概坟里埋的不是死人吧？那埋的又是什么呢？行人更觉奇怪了。

他们将怀素喊出来，指着新坟问道："那是怎么回事？"

怀素听了笑着说："啊，你们问这个？里头埋的是一堆秃笔。"

秃笔？怀素怎么会有那么多的秃笔呢？

原来怀索是个书法爱好者，自幼就喜欢练字，那劲头大得惊人，他常常从早写到晚，忘记了吃饭，顾不上休息，可他从来都不觉得累。他感到苦恼的只是家里太穷，买不起纸张。往往正写到兴头上，却没有纸了，不得不停下笔来。这心情就像一位正在勇追穷寇的猛士，突然接到撤退的命令时一般难受。

一天，怀素又没有纸了，他颓丧地倚在门口发呆。忽然一阵微风吹过，传来一片"沙沙"的声音，这是房子周围的芭蕉树叶被风拂动时发出的声响。怀素的眼睛突然一亮，心里萌生了一个好主意：那芭蕉叶又阔又大，不正是很好的天然纸张么！他飞快地跑到芭蕉树下，摘了一片芭蕉叶，拿回家来提笔写了试试，果然成功。芭蕉叶可以当纸，这的确解决了怀素的一个大问题。

可是，天长日久，芭蕉叶也被怀素写光了。面临着新的纸张危机，怀素又想出一个好办法来。他找了一块质地坚硬的大木板，刨得平平整整的，涂上油漆，然后在板上写字。这木板有一个很大的优点，写完了用湿布一擦，又可重写。就这样写了擦，擦了写，年头一多，木板中间竟然摩擦得凹了下去。

木板都写穿了，怀素写秃的笔就更是不计其数。他写秃一支就往墙角一抛，这样一枝一枝的越积越多，堆得像座小山，怀素就把这些笔埋了起来，成为“笔冢”。

怀素是唐朝人，他的那个笔冢恐怕早就无处觅寻了，但是他的精湛的书法真迹却至今还能看得见（如《怀素自叙帖》）。他的草书超群出众，不仅在唐代书法家中名列前茅，而且千古流传，对后世的书法家产生过很大的影响。

常言道：“只要功夫深，铁棒磨成针。”怀素练字，以至于秃笔成冢，可见确实是下了“铁棒成针”的功夫的。做任何事情都不可能一蹴而就，而要经过长时间的艰苦努力。

## 柳公权练字

如果有谁认为，一些著名的大书法家都一定有超人的天赋或经名师指点，否则自然不会写出好字来，那恐怕就错了。我国唐代杰出的书法家柳公权（778～865）有一个练字的动人故事，或许能帮助我们得出答案。

柳公权小时候字写得并不好，或者说写得很糟，因而常受到先生和父亲的训斥。但是小公权是个争强好胜的孩子，他后来下了决心，要把字练好。经过一年多的勤学苦练，他写的字果然有了长进，与村里同龄孩子相比，还算拔尖的。这时，人们的赞扬声逐渐多了起来，小公权也开始有些飘飘然，有时还在别人面前炫耀一番。

一天，柳公权和几个小伙伴在村旁的大树下摆了一张方桌，举行“书会”。大家约定每人写一篇正楷，然后相互比较观摩，评出最佳作品。公权很快就完成了自己的作品，心中很是得意。正在这时，有个卖豆腐脑的老头走来，他放下担子过来观看。小公权面带得意的神情把自己的大字递给老人，说道：“老爷爷，请您看看我写得怎么样？”

老人接过来一看，只见上面写着：“会写飞凤家，敢在人前夸。”心想，这个孩子可太骄傲了，就直率地对柳公权说：“孩子，你这字我看写得不怎么样。就像我卖的那豆腐脑，无筋无骨，有形无体，没什么值得在人前夸耀的地方。”

柳公权听后如同当头泼下一盆冷水，就忿忿地说：“你有本事就写几个字给我们瞧瞧！”

老人平心静气地说：“不敢当，我是个粗人。若要请教，不如去四十里外的华原城，那里有个用脚写字的人，比你写的强多了。”

柳公权见这老人态度和蔼，说话诚恳，便决定亲自去拜访那位用脚写字的人。

第二天他一早启程，当他进入华原城寿门，远望北街一棵大槐树下，挂着一副白布幌子，上面写着“字画汤”三个苍劲有力的大字。小公权连忙挤入围观人群，只见一个黑瘦老人，没有双臂，赤着双脚坐在地上，用左脚压住铺在地上的纸，右脚夹着一支大笔，挥洒自如地写着。他运笔如神，笔下字迹龙飞凤舞。小公权看到此景，十分仰慕，便一下跪到老人面前说：“请收下我这个徒弟吧！”并请求老人传授写字的秘诀。

老人起初不肯，但他见柳公权眼中泪花莹莹，苦苦哀求，就被打动了，于是当场用脚写下两行字：

写尽八缸水，砚染涝池黑，

博取百家长，始得龙凤飞。

接着便说：“这就是我练字的秘诀。我从小练字，至今已有五十多个年头了。磨墨练字用尽了八大缸水，我家一个近半亩地的涝池，因我天天在那儿洗笔砚，满池水染得乌黑，可是我的字还差得远呢！

柳公权牢记老人的话，从此更加发愤苦练。手上磨起了一层层厚茧，衣袖磨破了又补。他广取百家之长：颜体的清劲丰满，欧体的开朗大方，宫院体的娟秀妩媚，还有那无臂老人字体的豪放潇洒。柳公权还到大自然中去观察、思考、体验，将大自然中的大雁、游鱼、麋鹿、骏马的各种优美形态，也都融会于他的字迹之中。经过多年努力，他终于成为唐代著名书法家。

柳公权的书法自成一体，独具风格，尤以正楷著名，为后人留下许多书碑墨迹。许多人临摹的《玄秘塔碑》就是他的代表作。此外，他的《金刚经》、《神策军碑》帖都是传世佳品。

## 颜真卿受责悟“秘诀”

颜真卿是唐代大书法家。他的字端庄雄伟，气势开张，被称为颜、柳、欧、赵四家之首，为历代书法评论家所推崇，说他写的字“点如坠石，画如夏云，钩如屈金，戈如发弩”，“千变万化，各具一体”。但颜真卿的成名，却是经历过一番曲折的。

颜真卿幼时就酷爱练字，他特别仰慕当时的名书法家张旭，很希望得到张老先生的指教。后来颜真卿就投到张旭门下学习书法。他满以为在名师指点下，很快就能得到“诀窍”，一举成名。但事实并非如此。他拜师已有数月，老师却一直不肯透露半点学书秘诀，只是反复强调要专心领悟自然万象，接受启发，要他勤学苦练，再就是给他介绍一些名家字帖，偶尔指点一下字帖的特点。这种情况使得年轻的颜真卿大失所望。

日子一天天过去，颜真卿练字长进不大，但肚子里的怨气却越积越多。他决定直接对老师提出自己的要求。

这一天，颜真卿见老师正在专心致志地练字，就壮着胆子走上前叫了声：“老师!”张旭听见喊声，抬起头来，见是自己的学生颜真卿立在面前，似有话要说，于是就放下笔，和蔼地问道：“有什么事吗?”颜真卿红着脸说：“学生练字已有数月之久，可是长进不大，请老师传一点写字的秘诀给我吧!”听了这话，张旭又好气，又好笑，耐心地回答说：“我并没有什么秘诀啊！学习书法如同做其他事情一样，你没听说过吗?‘书山有路勤为径，学海无涯苦作舟’，要想取得成绩，必须下苦功夫，勤学多练；再则还要善于观察和思考，我学习草书，就曾从公孙大娘舞剑的姿势中得到不少启发。”对于老师这番开导，颜真卿已多次聆听，他只看成是老师的推托之辞。于是更向前一步，继续苦苦哀求。张旭见这个学生根本听不进自己的话，只是异想天开地要学什么秘诀，心里十分不悦。他沉下脸来说："好吧，我告诉你秘诀！凡是不肯下苦功夫，而一心寻求诀窍的人，是不会取得任何成就的。"说完，又继续埋头写自己的字。

据说，颜真卿正是受到张旭这次责备的启发，而开始发奋刻苦，走上成名的道路的。

## 李贺荒野呕心觅诗句

长安郊外的一片乱坟岗上，晚风萧瑟，几只暮鸦站在枯枝上"哇哇"哀鸣，路上人迹杳然。

只有诗人李贺一个人还在这乱坟岗子里转来转去，寻觅诗句呢！李贺的作品驰骋奇想，别出心裁。他创作时特别注重独创性，为了搜集素材，他经常背着个锦囊早出晚归，骑着一头驴子游历在荒郊野外，留心观察各色各样的事物，以捕捉灵感，一旦触景生情想出了一个好句子，立即就扯一张纸条记上，然后投入背上的锦囊之中，晚上回到家里，再把锦囊中的纸条倒出来，分门别类加以整理，写成一首首的诗篇。

李贺如此呕心沥血地进行创作，终于成为了我国文学史上的一位奇才。

## 李阳冰寝卧观"碧落"

李阳冰，唐朝著名书法家。唐肃宗李亨乾元时为缙云县令，官至将作监。李阳冰善写篆书，平时除了埋头于蝌蚪书（汉末发现于孔子古宅的墙壁中，字体头粗尾细，形似蝌蚪）和秦李斯所作的《峄山刻石》临摹外，更留意古迹名胜中的碑刻题额。

有一次，李阳冰到今山西新绛县，有位老翁告诉他，县内龙兴观里有一块写于本朝高宗李治总章三年（公元670年）的石碑，没有记载书写人的姓名，上面的篆字与古不同，颇为怪异，其中“碧落”两字尤其清晰，因此他们这里都叫它“碧落碑”。李阳冰听了后，立即跑到那里，在一座佛像背后的墙壁上找到了这块古碑。碑上的文字奇妙古奥，像磁铁一般吸引着李阳冰。他横看竖看，越看越有味。腿脚站得酸了，就坐在地上看，还是看不够。这时傍晚来临，门外下起了滂沱大雨，庙内拈香磕头者，先后避散，紧接着一阵关门声。但李阳冰却仍两耳不闻寺中事，一心只读碑上字。

过了一会儿，天色渐暗，李阳冰知道时候已经不早了，就起身要走，这才发现寺观门已紧闭，并上了锁，于是他急忙东呼西喊，求救于僧人，才把寺门打开。

李阳冰出了龙兴观，书兴仍浓，晚上连做梦中也惊呼“碧落”，第二天一早，他索性带来铺盖行李寝卧于“碧落碑”下观赏，一连几天舍不得离开。这几天的细心揣摩，对他帮助很大，他的篆书水平也就大大提高，成为李斯以来篆书写得最好的书法家之一。他的篆书变化开合、毫骏墨劲，被时人誉为“笔虎”。李白有《鲜从叔当涂阳冰诗》，句云：“吾家有季父，杰出圣代英”，“落笔洒篆文，崩云使人惊”。对李阳冰的篆书也很称扬。当时，颜真卿以书法名世，他书写的碑版，大多由李阳冰题额。

## 范仲淹吃粥苦读成才

位于湖南岳阳城西、濒临洞庭湖的岳阳楼，为我国古代三大名楼之一。岳阳楼之所以享有盛名，和那篇世代传诵的《岳阳楼记》密不可分——提起文中的名句“先天下之忧而忧，后天下之乐而乐”，又有谁不知道呢？

这篇名文的作者范仲淹（989~1052），字希文，江苏吴县（苏州）人，出身贫苦，两岁时丧父，母亲后来改嫁；但他志向远大，常“以天下为己任”。宋真宗大中祥符八年（公元1015年）中进士，官至枢密副使、参知政事。仁宗时，他率兵镇守延安，抵御西夏。西夏人说他“胸中自有数万甲兵”，不敢进犯。在我国历史上，范仲淹是一位开明、正直、清廉的贤臣，他忧国忧民，主张革除积弊、改良政治。在参知政事任上，曾提出均田赋、修武备、减徭役、择长官等十项建议，可惜遭到守旧派的反对而未能实施。

范仲淹十几岁时，借住在长山醴泉僧房中，昼夜苦读。他的伙食又怎样呢？他每天煮上一锅稠粥，凝冻以后，用刀切成四块，早晚各吃两块，菜蔬也只是酸菜、咸菜。

后来，他为了开阔眼界，独自一人身背书籍，来到宋朝的南京（今河南商丘），进了著名的南都学舍。

他的学习条件改善了，但吃饭仍是粥和咸菜。他的一个同学是南京留守的儿子，在家中向父亲提起范仲淹刻苦读书但一天只能吃上两顿粥的事情。那位留守很受感动，就叫儿子把厨房中好吃的东西拿去送给范仲淹。

但是几天之后，留守的儿子发现，他送去的饭食都原封未动，有的都腐烂变质了，心中十分不解，就问范仲淹说：“家父听说你清贫刻苦，特让我送东西给你吃。你却不肯动筷，是不是你误会了我们的一片好意呢？”

范仲淹连忙回答说：“哪里，哪里，对你们的好意我由衷地感谢。但我只能心领，万万不能去吃。我对吃粥久已习惯，如果现在享受这些美味佳肴，以后我还能吃得下粥和咸菜吗？请你务必向令尊大人解释清楚。”

又过了些时候，范仲淹穷得连一天两顿粥都吃不上了，只在傍晚时分喝一点稀饭。但他仍不改初衷，坚持昼夜苦读，五年之内，竟然不曾脱衣睡觉。

可以说，没有青少年时期的这番艰苦锻炼和奋发精神的培养，范仲淹是不会有日后的成就的。

## 司马光写《资治通鉴》

公元1064年，北宋都城开封。

深夜，万籁俱寂。时而刮起一阵寒风。城北的一处官署靠北的书房里还亮着灯。灯下，龙图阁直学士司马光正在一丝不苟地书写着。他不时地放下笔，搓一搓冻僵的手。看得出，他很兴奋，没有一丝倦意。

远处传来报时的鼓声，已经三更了。他放下笔，将誊清的书稿整理了一下，又凑到灯前读起来，……天一亮，他就要将写好的八卷《通志》献给英宗皇帝阅览。

司马光为什么要写《通志》给皇帝阅读呢？年轻时，司马光就博览群书，尤其喜好读史书。考中进士后，他被任命为天章阁待制兼侍讲，负责为皇帝起草文件，讲解儒家经典。仁宗皇帝常常要他讲述历代王朝的君臣事迹和兴衰的道理；每当决定一件重大的事情，就向他征询历史上的经验教训，司马光总能以他渊博的历史知识作出圆满的解答，因此很受仁宗的赏识。

英宗即位后，司马光改任龙图阁直学士。他见英宗太年轻，需要读一些史书，却又痛感历代的史书太芜杂，阅读起来抓不着要领，十分不便。于是，司马光就开始私下编写一部供皇帝读的《通志》，他把战国至秦二世这一历史时期的重大事情按事件发生的先后次序编排起来，日以继夜地秉笔疾书，不到半年功夫，他就写好了这八卷《通志》。

英宗得到《通志》后，很快就把它读完了，觉得读起来很方便，历史发展的线索很清楚，又容易记住。

英宗对司马光说："你编一部《历代君臣事迹》吧，我给你提供一切条件。"英宗觉得司马光一人编写上自三皇五帝、下讫五代的几千年历史太吃力，太慢，又马上下了一道诏书：在崇文院设置编书局，由司马光主持编书局的工作。允许借阅龙图阁、天章阁和秘阁的一切藏书和资料。并让司马光自己选择编书的助手，由朝廷按月赐给御府笔墨纸张和果饵钱。

司马光十分愉快地接受了这个任务，他马上聘请了四位自己熟悉、信任的学者作为编书局的同修官，将龙图阁、天章阁和秘阁里收藏的大量史书转移到编书局，以“鉴前世之兴衰，考当今之得失”作为编撰的宗旨，正式开始编写。

司马光让四位学者每人负责一个朝代，先把前朝正史、杂史上的史事，按照帝王在位的年月，一条一条地摘录下来，按年月汇编在一起，叫做“长编”。然后把“长编”交给司马光，由司马光进行时间、史实的考订，删繁取要，再编成有系统、有体例、有组织的史书。

编书局成立后的最初四年里，司马光还兼任学士的职衔，白天忙于政务，只能利用晚上的时间编书。

英宗身体虚弱多病，当了四年皇帝就去世了。神宗继他之后做了皇帝。神宗深知司马光的才干，仍任命他为翰林学士，司马光担心影响编书，再三推辞，但没能辞掉。

一次，神宗问起编书的进展情况，司马光便将已经写好的书稿呈给神宗。

神宗读完书稿，对司马光说：“这部书既然是‘鉴于往事，有资于治道’，书名就改成《资治通鉴》吧！”

不久，神宗亲自写好一篇《序》交给司马光，并要求司马光时常呈送写好的书稿给他阅览。

神宗是一位想励精图治，有所作为的皇帝。他重用王安石，采纳了王安石提出的许多改革主张。但宋神宗也十分赏识司马光的才干，决定任命他做枢密副使，主管全国的军事。

司马光在政治观点上反对王安石的改革，不愿意出任这一职位，另外，他打算离政治远一些，把精力和时间投到编书局的编书中去。因此，司马光前后八次上奏章给神宗，婉言推辞这个职务，弄得神宗很不高兴。最后，司马光不得不请求外放，离开都城汴梁，到当时的西京洛阳担任了一个闲职。

1070 年，司马光来到洛阳，在那里安下身来。神宗允许司马光把编书局也搬到洛阳家中，便于他著述。司马光从此专心编书，闭口不谈政治。

司马光的威望和名声很大，农夫野老、妇女小孩都知道他，称他为“司马相公”。他刚到洛阳的那一段时间，每天总有人上门来拜访他。来访者中，有的是当时的名士学者，有的是地方官吏，还有一些被王安石撤职或降职的大臣，也到他这里来诉苦，发牢骚。

起初，司马光对来访者都以礼相待，渐渐发现，宝贵的时间不知不觉地浪费了，他后悔不已。

“再不能没完没了地接待客人了！”司马光暗暗提醒自己。

于是，司马光的住处门上出现了一张告示，上面写道：“司马光启：受先帝遗命，编纂史志，不敢稍怠，自今而后，凡来访者，恕不款待，专此敬告。”

此后，司马光与范祖禹、刘恕、刘攽、司马康专心撰写《资治通鉴》，再没有人来打扰了。

司马光自来洛阳，编书工作很清苦，他住的房间里，生活用具非常简单：一张木板床，一条粗布被子，一个枕头。他睡的枕头很特别：用一根圆木做成，只要一翻身，枕头便滚到地上，人便惊醒了，于是立刻起床，抓紧时间著书。他担心自己有生之年不能把书编写出来。

司马光每隔一段时间就送一部分书稿给神宗阅读，神宗每次收到书稿，像着了魔似的，废寝忘食地读。他写信给司马光说：“写得很好，水平远远超过了荀悦的《汉纪》这部书，要抓紧时间编纂，尽早将《资治通鉴》编成。”

神宗还将自己当颖王时收藏的2400卷书赐给司马光，派专使送到洛阳。司马光得到这些古书，劲头更足了。

1082年，司马光劳累过度，忽然病倒了，躺在床上说不出话来。司马光以为自己重病在身，死到临头了，便写一篇奏章，准备托人在自己死后呈交给神宗。奏章上没有提及个人家庭私事和要求，说的全是编书局的公务，还推荐了自己的继任者。

过了半个月，马司光渐渐好转过来，能下床活动了。他又急着伏案写作，范祖禹等人劝他安心休养一段时间，司马光执意不肯。

这次生病对司马光震动很大，他想：自己已经六十四岁高龄，一生所剩的时间不多了，朝不保夕，不抓紧把《资治通鉴》编成，万一有个三长两短，十七年的心血将付之东流。所以，他不顾朋友的劝阻，支撑着虚弱的身体，又日以继夜地工作起来。

1084 年，《资治通鉴》全部脱稿。司马光将誊清的书稿呈给神宗，从而完成了中国历史上第一部编年体通史。

这部书正文 294 卷，《考异》30 卷，《目录》30 卷，记载了 1362 年间的历史。写作的时间，寒暑相易，整整 19 个轮回。有人发现，在洛阳司马光的家中，光存放编写《资治通鉴》过程中废弃的书稿，就堆满了两间大屋。

司马光在完成《资治通鉴》的第三个年头（公元 1086 年），就与世长辞了。

司马光写《资治通鉴》，前后达 19 年之久。19 年间，他闭门著书，甚至可以说是把自己的生命都奉献给了这项事业。这不是宗教的虔诚，而是被中国读书人的责任心所驱使。

责任心，历史上千千万万有作为的志士仁人都具有这样的品质。唯有这种的品质，人类的文明才得以发展、进步。

## 沈括的科学研究

宋朝治平三年（公元 1066 年），年轻的沈括被任命在京城开封昭文馆里担任图书编校工作。当时，很多校书官只是敷衍一下每天的校书数量，其他时间就去饮酒赋诗。而沈括一面认真地校读，一面开始对天文学发生兴趣。于是，他便利用昭文馆较清闲的条件，开始自学天文历法。

昭文馆是当时的国家图书馆，藏书十分丰富。在这里，沈括阅读了许多天文学方面的著作。他把《尚书》、《诗经》、《春秋》、《左传》、《国语》这些儒家经典中有关天文历法的资料逐条摘抄下来。又重点研究了《史记》

中的《天官书》、《汉书》中的《天文志》。不到一年工夫，他根据研究的心得，提出了一些独立的见解。

昭文馆的长官是位学问很深的长者，沈括的一举一动他都看在眼里。他十分喜欢这位年轻人的钻研精神，并且很欣赏沈括的独立见解。他向朝廷举荐沈括，沈括在天文学方面的才能因此受到皇帝的重视。

几年后，宋神宗指派他主持司天监的工作。司天监的主要业务是观测天象，推算历法，编订历书。当时监内情况，可以说是糟糕透顶，一些骨干官员缺乏真才实学，尽是些酒囊饭袋、不学无术的庸碌之徒，他们甚至不懂得怎样用仪器观测天象。

新上任的沈括面临的任务很艰巨，他首先罢免掉六个只拿官俸不干实事的官员，引用一批认真读书、踏实做事的年轻人，专门为他们开设技术训练班，经过一个时期的分科培养后，分配在监内工作。

他又大胆地破格起用盲人卫朴。卫朴是个普通人，沈括却让他主持修订新历，这一行动引起监内外守旧派的极力反对，沈括却毫不动摇。经过整顿的司天监很快便出现一派井然有序的新气象。

沈括决心在司天监培养起一种重实践、重科学的风气。他自己身体力行。有一段时间，为了观测北极星的实际位置，他每天夜晚都要起来，一个人来到司天监，对着浑仪的窥管静静地观察。

每当这时，沈括就像飞离了纷纷扰扰的人世，来到神秘而又无限宽广的宇宙之中，开始与群星对话。浩瀚的宇宙不再那样神秘莫测，群星也不再沉默不语，沈括逐渐地对它们熟悉起来，与北极星之间的交流尤为频繁。

他先对着窥管看一阵，然后就在旁边准备好的纸上画下此刻北极星在天空中的位置，每夜要画三张这样的图，分别记下在前半夜、半夜、后半夜三个固定的时间内北极星所在的位置。

就这样，沈括一天不差地整整坚持三个月，前后共画二百多张图。三个月后，他整理并研究了凝聚着他心血的这些图，得出结论：北极星实际上不在北极，离开北极还有一度多。司天监的官员们一边听着沈括介绍这一研究成果，一边看着他那布满血丝的眼睛和明显消瘦了的脸庞，心中都涌起了敬意。从此，重观测、重考察的实践精神，不畏艰苦、肯于钻研的治学态度，在司天监里蔚然成风。沈括主持司天监的短短几年时间里，工作成绩显著。他提出了关于日月食的基本原理、月亮有盈亏等几个卓越的天文学说，主持了《奉天历》的编修，改制了新的观象仪，写下了一些天文学的重要文章。

沈括四十六岁那年，接到宋神宗的谕旨，编制一份全国地图。当时，他担任三司使，是主管全国财政的最高长官。三司衙署的公务十分繁忙，要阅读和签批很多文书，有的要及时上报给皇帝批阅，有的要下发到各地执行。沈括很善于利用时间，他每天总是在处理完案头工作之后，就打开从政府图书馆里借来的图书、地图等，一边看一边随手摘记资料，为绘制地图做准备。

不久，沈括被人诬告，遭朝廷贬谪，为绘制地图而正在进行的资料准备工作被迫中断。

五十三岁的沈括来到贬谪地——随州（今湖北随州市），这里丘陵起伏，有茂林修竹。他选择了绿林深处的一座古刹——法元禅寺作他的住地。寺中有三两个终日打坐、念经的贫僧。沈括在这里举目无亲，就在这孤寂、清贫的生活中，他开始着手绘制那份全国地图，他把从京城带出来的几箱摘记资料加以详细考订、研究，每日不废晨昏，一点一点地绘制。五十几岁的沈括像个刻苦的小学生，每天给自己规定了日课，不完成当日的绘制计划就不休息。

暑去冬来，三年的时间不知不觉地过去了，沈括的草图也已完成。就在这时，朝廷又重新起用沈括，改派他到另一个地方做官。此后，沈括换了几个地方的官职，其间曾一度驻守边疆，他总是忘记不了将这部图稿随身携带，一面考察地理，一面修订地图，尽管时绘时辍，却一直不放弃。就这样，坚持了十二年，终于完成了当时最准确的一套全国地图——《天下郡国图》。

全部地图包括二十幅，一幅全国总图和十几幅一路一路的分路图。由于他参考了许多图书，采纳丰富的历史资料，绘制精详，内容翔实，因此，当他呈献给朝廷时，得到皇帝的嘉许。

沈括一生担任过许多职务，对待自己承担的工作，他有一股不达目的决不罢休的劲头，而且是精益求精。因此，无论在什么样的职位上，他都勤谨地工作，并且卓有成效，特别是在天文历法、算学、工程技术等古代科技领域，作出了重大的贡献。

## 岳飞沙中练字

岳飞，字鹏举，相州汤阴（今河南汤阴县）人。岳飞小时因遭水灾，家里一贫如洗，全家依赖母亲帮人家做针黹（音 zhǐ，针线活），纺纱织布，赚得几文钱，糊口过日子。家境虽然贫寒，岳飞却热爱读书，在母亲的教诲下，他白天上山拾柴时就抓紧空余时间读书写字，晚上没有油灯，就把白天拾来的枯柴点起来照明诵读。无钱买纸笔，他就把路边的细沙弄回家来铺平当纸，用树枝作笔，一笔一划地练习写字，写了一遍抹平又写，反反复复从不厌倦。

岳飞很聪明，又很用功，贫穷砥砺了他的志气，学习启发了他的智慧，没有多久，他文才大进。母亲看见岳飞聪明敏锐，有说不出的高兴，就到附近私塾里去找老师，宁可自己省吃俭用，也要给岳飞交学费，让他到学校深造。岳飞得到了学习的机会，学问进步得更快了。读了几年，岳飞十几岁时，家里实在太穷，他只得停止读书，到一个大地主家去干活。那时，尽管农活非常繁重，日子艰难困苦，但是岳飞从不放弃练武和读书，白天劳动之余，夜间休息之时，他就读书写字，有时甚至通宵不眠。他有很强的记忆力，不论什么书看了就会背。他无书不读，尤其是喜欢《春秋左氏传》和孙、吴兵法。岳飞通过勤奋地苦读，练就了一手好文章。他写的文章，思想细致，分析精密，判断力又很强。他作的诗词，意气豪迈，感情充沛。他还练就一手好字，笔法纵逸，尤其擅于行草。

岳飞从小一边读书，一边练武。十九岁就能挽弓三百斤、弩八石。后来，在周同先生和著名枪手陈广的传授下，成为武艺超群的人物。母亲、亲朋看到岳飞文武双全，非常高兴，希望他干出一番轰轰烈烈的事业来。

二十岁那年，他怀着抗击侵略者、收复中原的壮志从军，母亲在他背上刺了“精忠报国”的训词。后来，岳飞以自己的实际行动实现了这个誓言，成为南宋著名的爱国将领、历史上杰出的民族英雄。

## 郭守敬开通“通惠河”

元朝至元二十八年（公元1291年）七月的一天，上都开平府（今内蒙古多伦附近）的行宫里。在这里避暑的元世祖忽必烈正在与朝臣们商议国家大事。

主管财政的户部郎中上奏说：“大都的存粮紧张，估计供应全城文武百官禄米、卫士军人粮饷和百姓四民用粮，最多只够三个月，请皇上赶快想办法！”

大都（今北京）是元朝的都城，全国政治、经济和文化的中心，城郭宫室，规模宏大，衙署军戍、商肆作坊，人口众多。京城内居住的大批贵族、官吏、士卒和百姓，每年需要消费大量的粮食，这些粮食基本上取自江南浙西路（今长江、钱塘江三角洲一带），经海运或隋代开凿的南运河连接北运河运进大都。现在，每年粮食需用量从定都之初的数十万石增至一百数十万石，这些粮食从海路、运河分别运往京城，一到通州集中后，就得起岸装车从旱路运入城内，为此，要配备大量的车辆、牲畜和俠役，而到了秋季淫雨连绵的时候，土路上更是泥泞难行。因此，驴马倒毙，役夫病亡，费用浩繁。尽管如此，粮食却还总是难于及时送进大都城。

要解决这个尖锐的矛盾，至关重要的就是要解决从通州到大都这五十里的运输，开通运粮河，使之与北运河衔接，变陆路为水路。

十一年前，忽必烈曾发三千侍卫亲军去疏浚通州旧运粮河。结果，因为缺乏水源，半途而废。

忽必烈听完户部郎中的报告，眉头不禁皱起，大都的供粮问题是涉及到朝廷安危的命脉，因此成了他的一块心病。这时，他突然眼睛一亮，想起了郭守敬，调头问身边的侍从："郭太史有消息吗?"

侍从官马上答道："正在来上都的路上。"

"噢!"忽必烈紧锁的双眉稍稍舒展了一些。

两个月前，一道圣谕传到大都太史院，召郭守敬到上都行宫。

忽必烈见到郭守敬后，郑重地把大都到通州运粮河的勘察工作交给了他，要求他七月底前拿出一个方案来。

早在三十年前，郭守敬就曾向忽必烈面陈过六条水利方面的建议。后来，他被任命为主管水利的官员，主持过华北一带的水利工程，参与修整了今甘肃、宁夏一带沿黄河的古灌溉渠道，很受当地人民的赞扬。因此，当开通大都到通州的运粮河的想法在忽必烈的脑海中形成时，他马上就想封了郭守敬。把这件事交给他，是再合适不过了。

郭守敬接受了使命后，又立即启程回大都，一路上，心里沉甸甸的。以他在水利方面的经验，感到这五十里运粮河工程很棘手。

他暗自思忖：大都附近的水文、地理情况自己都熟悉。金代和本朝早些年都尝试过，但都失败了。打通运粮河，关键在于要找到水源，将水引入旧运粮河道，这样，船舶就可以直接驶入大都城中。大都的地形是三面环山，从西部山区逐渐向东倾斜下降。因此，水源只能在西北一带寻找。

回到大都的第二天，郭守敬不顾日夜兼程的鞍马劳顿，直奔西北部山区，进行实地勘察。

他翻山越岭，几乎跑遍了每一道山梁、每一处沟谷。一到村落，就走访当地的老人，询问水道变迁的历史，摸清常年降水情况。

这样忙碌了一个多月，水源仍未找到。他抱着一线希望来到昌平县，在县城东南的神山脚下，惊奇地发现这里有一处较大的泉水，当地人称做"白浮泉"，泉水清冽，奔突而下。郭守敬心里大喜，这是一个多月来所见到的最大的一处泉，水量很充足，已经年过六十的郭守敬此时也禁不住欢呼起来。

水源难题解决了，郭守敬又运用他曾经作过大面积地形测量和长距离水平测量的经验，从昌平到大都进行了全面的地形测量，然后设计了引水路线。

他又去翻阅大量前朝档案资料，查考不少有关的图籍。不久，一个总结以往的失败教训，经过深思熟虑，周密而完整的方案产生了：

将白浮泉先引向西流，沿山东西麓折而向南，这样可以拦截分散的小股山泉和伏流，使水量更加充足。这些水又都是清澈的泉水，不至于携带大量泥沙，淤阻河道。

将北来的水汇入瓮山泊（今北京颐和园昆明湖前身），从这里出发经高梁河，再从和义门（今西直门）北的西城墙下流进大都城，蓄在积水潭。而后再从积水潭引水向南，沿皇城东城墙注入已废弃的金代运粮闸河，一直东下流往通州。地势位差过大的地方，设置水闸、斗门（进水和放水闸门）十座。这样，一条新整修的河道与原有水系连接起来，南来的粮船就可直抵大都了。

郭守敬将方案写成奏章，冒着酷暑，风尘仆仆地赶到上都，忽必烈马上召见了他。当忽必烈看完郭守敬的奏章，高兴地说："这件事应该赶快办起来！"

不久，在中央重新设立了主管水利的机构都水监，郭守敬以太史令兼职主管都水监事务。

治河工程开工那天，忽必烈为了表示他对工程的重视，特地下了一道命令，百官自丞相以下所有在京城者都要手持工具到工地参加劳动。并明确规定，人人都要听从郭守敬的指挥调度。

从这以后，年逾花甲的郭守敬担任了全部工程的总指挥。他不辞辛劳，天天食宿在工地，施工现场有了问题，他总是及时地就地解决，使工程得以保质保量地顺利进行。

过了一年半，至元三十年秋季，一条全长160余里的河道全线完工，全部工程动员了军士、工匠和囚徒两万余人。

工程刚刚完工，世祖忽必烈就从上都回到大都，路过积水潭，积水潭汪洋如海，只见湖中进进出出挤满南方来的粮船，船尾紧挨着船头，连水面都看不到多少了。眼见这样一番盛况，想到原来陆运的颠沛困顿，耗工费财从此可以避免，他心中有说不尽的喜悦。

忽必烈指着河道，喜形于色地说："这条河一通航，就给我们带来了很多好处，就叫它‘通惠河’吧！”并让郭守敬仍以太史令原职兼管通惠河漕运事务。

通惠河的开通，促进了南货北销，繁荣了大都经济。第二年，为了表彰郭守敬在河工水利、天文历法上的巨大功绩，委任他为昭文馆大学士。

郭守敬一生主持过许许多多的工程，都获得了成功。

后人常常只看到成功的一面，成功的背后无数次的失败，后人往往看不到。所以，后人总是在前人的成功中获得激励和吸引，很少在前人的失败中受到鞭策。

由失败到成功，起决定作用的精神力量是敬业精神，倘若没有这种精神，就永远到达不了成功的彼岸。

## 高则诚写《琵琶记》案板皆穿

《琵琶记》是我国一部著名的古典剧作，它写的是赵五娘和蔡伯喈的故事。相传元代剧作家高则诚为了写好这个戏，曾单独住在一座小楼里，终日闭门谢客，足不出户，花费了整整三年的时间。为了使《琵琶记》的词句合乎格律，便于演唱，高则诚每当写完一支曲子，就手扶几案，脚踩踏板，按节拍吟唱。遇到不合声律，唱起来拗口的地方，就停下来进行修改，有时要反复许多次，直到自己感到满意为止。他的整个身心都沉浸在创作之中，为剧中人物的命运且喜且忧，常常是一边含着泪水，一边打着拍子吟唱。日子长了，他的声音都嘶哑了，几案上手拍处的指痕竟有一寸多深，脚踩的踏板也被磨穿了。

“功夫不负有心人”，《琵琶记》终于在艺术上达到了相当高的水平，对后世戏曲创作也产生了较深远的影响，被誉为“南戏之祖”。

# 一幅斗牛图

元朝末年，浙江诸暨有一个牧童，看见两头大水牛相斗，样子非常有趣，决心要把这情景画下来。可是画来画去，连画了三天都不像，他懊恼极了。这时，与他一同看过斗牛场面的王冕，走过来提起笔，三勾两勾，一幅惟妙惟肖的斗牛图便画成了。牧童不由得瞪大了惊奇的眼睛，问："我三天都画不成，你怎么一会儿就画得这么像?"

王冕笑笑说："看起来你花了三天，我只用了一会儿；可你哪里知道，我已经下过几十年的功夫了!"

王冕说的确实是实情。他出生在一个贫苦的农民家庭，从小喜爱读书，却没有钱上学。年仅七八岁时，就得给财主家里放牛。

村子里有一所学堂，学生都是些富人子弟。王冕每天牵着牛从学堂门口经过，一听见那琅琅的读书声，脚步便不由自主地停下来了。他把牛拴在野外吃草，自己便轻轻地走进学堂，在教室旁边听学生们读书，边听边默默地记诵。有一天，听得入迷了，一直到傍晚才想起牛来，跑出去一看，糟糕，牛已经跑得无影无踪了。父亲听说他把财主的牛丢了，又怕又气，拿起棍子狠狠地揍了他一顿。

棍棒并没有打掉王冕的求知欲，他跑到一个寺庙里住下来，夜里，悄悄地走进佛殿，坐在佛像膝盖上，借着佛前长明灯的光亮，起劲地阅读借来的旧书。他一会儿高声朗诵，一会儿低声吟咏，常常不知困倦地读到天明。殿堂里的佛像一个个青面獠牙，连大人都望而生畏，而小小年纪的王冕却一点儿也不害怕。他一心都扑在书上，早把别的事物置之度外了。

王冕的兴趣很广泛，除了酷爱读书，还喜欢绘画。一个初夏的傍晚，王冕正在湖边放牛。雨过天晴，那美丽的湖光山色将他深深地吸引住了。明丽的日光从云缝里斜射下来，照得湖面红波荡漾；湖边的山上，青一片，绿一片，如同翡翠点缀其间；湖心里支支荷箭亭亭玉立，荷叶上的水珠像珍珠似的滚来滚去，真是美丽极了。

王冕心想：要是能把这景色画下来，该有多好啊！可惜自己不会。这时他忽然灵机一动：天下难道有学不会的事情吗？我为什么不能自己动手学画呢？

他立即去向人借来了几支毛笔，把树叶捣出汁液当作绿色的颜料；研红石粉末作红色的颜料，就坐在湖边画起画来。

他先试着画荷花，可是画来画去画不像。他并不灰心，一张不行，再画一张，边画边对着荷花仔细观察，反复琢磨。久而久之，他画的荷花有点像了；经过数年的苦练，终于妙手自成，别人看他的荷花作品，就像是刚从湖里采来放在纸上的一样。

这一下，王冕名声大振，人们都争着购买他的画。王冕就拿出一部分卖画的钱，买了一些纸笔、颜料等绘画用品，接着练画山水、动物，画技越来越高。

到后来，王冕成为元末著名的画家和诗人，他的画尤以墨梅著称，其风格技巧，对后代许多画家有过深刻的影响。

牧童画斗牛图，连画了三天，还是画得不像；而王冕提笔勾画，只一会儿就画得惟妙惟肖，其奥秘何在呢？原来这“一会儿”的背后，有着王冕“几十年”的功夫。王冕的高超画技是长期刻苦努力的结果。

## 南村树叶辑书

元朝末年，浙江黄岩县出了个姓陶，名宗仪，号南村的人。此人博学多识，广有著述，但一生不愿为官。

南村晚年，为避兵乱，携家来松江一带，耕种薄田为生，与村民交往甚密。

在南村先生劳动的田边，有一棵枝叶繁茂的枫树，劳动之余，他常在树荫下歇息。附近村民，就都围拢过来，请他讲故事，说笑话，南村也总是有求必应。他讲各地的文物建筑、历史法令、风俗掌故，并谈诗论画，高兴了还讲几段小说、戏曲。村人听得津津有味，时而捧腹大笑，时而目瞪口呆，忘记了劳动的疲劳。南村先生看到这种情景，内心很有感触：为什么不能让更多的人也能听到这些讲述呢？对，把它写下来，一定要写下来，传之后世。可是，拿什么写呢？兵荒马乱，纸价昂贵，哪里有余钱去买呢？有一天，他在树荫下休息，又盘算起这个不能释怀的难题。忽然一阵风起，几片树叶随风飘下。他凝视着随风飘落的枫叶。啊，红叶！唐朝不是有"红叶题诗"的佳话吗？他微笑着拍拍自己的脑袋说："这样方便的事，我怎么就没有想到呢？"他站起来，拾起几片枫叶，连忙跑回家中，取出落满尘土的笔砚，研好墨，试着在树叶上写字，果然可行。自此，他每天下田都随身携带笔墨，每想起一些有意思的传闻、资料，就立即写在树叶上。回家后，就把写好的叶片压平、晾干，放入瓦罐。就这样，他日日如此，月月如此，一直坚持了十年。积累的叶片，贮满了成百个瓦罐。后经他的门生帮助抄录、整理，编辑成三十卷书，题名为《南村辍耕录》。这就是中外历史上少有的用树叶辑成的书。

## 李时珍和《本草纲目》

明朝嘉靖年间，蕲州（今湖北蕲春县）一户有钱有势的人家的小孩得了一种怪病：爱吃灯花。延请了许多大名医都治不好，家里人十分焦急。

老管家四处求医，听说民间有一个姓李的神医，手到病除。管家抱着侥幸的心理，在玄妙观找到这位郎中，管家看着这位年龄三十上下的郎中，心里嘀咕：这么穷酸的年轻郎中，能是神医吗？转念一想，病急乱投医，碰碰运气吧！

这位姓李的神医没有什么架子，待人平易和蔼，听说有病人要诊治，马上就起身，跟着管家去看病人。

生病的小孩面黄肌瘦，不停地用小手掐取灯火往小嘴里送。

管家对郎中说："老爷最宠爱这个孙子。已经花了好多钱请名医诊治，都束手无策……"

切脉之后，郎中问身旁的丫环："病人还喜欢吃什么东西?"

"前些时候也爱吃生米!"丫环答道。

郎中马上断定，小孩爱吃灯花是肚子里有寄生虫，从而形成一种嗜食异物的怪癖。他便用百部、使君子、鹤虱等杀虫药开了处方，小孩只服了三剂药，怪病就根除了。

这位年轻的郎中就是明朝著名的医学家、药物学家李时珍。

李时珍出生在蕲州一个世代行医的家庭。祖父是一位手摇串铃，四处奔波的游方郎中。父亲小时候读过一些书，是当地远近闻名的医生，并写过一些医学著作。李时珍从小念书，十四岁时中了秀才，后来三次考举人都落选了，就绝了做官的念头，选择行医作为自己的终生职业。

李时珍二十四岁开始行医，在行医中感到识药、用药是个大问题。一个医生对药物、药性不熟悉，或者一知半解，处方开得再好，也不能治好病。他还发现，许多药物学方面的书籍，例如汉朝的《本草经》、南朝的《本草经集注》、唐朝的《新修本草》、宋朝的《开宝本草》等书，在分类上有不少错误，有的将一味药分成两种，有的将两种药物混为一谈。书中记载的药物虽然有图形有解说，但是，有的图形与解说不是一回事，有的有解说而无图形，有的解说是正确的，图形却绘制得不正确。抄错刻误的地方也举不胜举。

"医术再高明，处方再灵验，没有一本可靠的医药书籍作指导，也难治好病，弄不好还会害了病人的性命。"李时珍阅读的医书越多，这种担心就越强烈。

渐渐地，一股欲望在李时珍心里升腾起来——写一部药物品类齐全、内容翔实、图文并茂的医药学著作。

李时珍把这个大胆的想法告诉了父亲。父亲惊愕了："谈何容易，我写那几本书，少者数千言，多者万言。你要把全国的药物都搜集齐全，一一解说，你用一辈子的功夫也难完成。难啊!"父亲最后长叹了一声。

"困难是不小，但只要我每天不间断地干下去，总会有个结果……"李时珍倔强地答道。

父亲被儿子的精神感动了，他望着李时珍，点头同意了。

李时珍开始写《本草纲目》的这一年，已经三十五岁了。他以唐朝人写的《证类本草》作为底本，参照各家的本草书籍，按自己拟定的体例整理十年来搜集的笔记资料。

写了一段时间，李时珍发觉，古代许多官修木草书错误百出的原因，是编纂者对于许多药物并没有亲眼见过，只是从书本到书本，或者凭自己的经验猜度判断。他感到，仅仅根据古人的书籍和自己行医的经验，很多问题都解决不了。

例如，“远志”这味药，南朝陶宏景的《本草经集注》中说它是小草，形态像麻，叶青色，开白花；而宋朝马志的《开宝术草》中却说它像大青。两种说法到底谁是谁非，仅凭义字是很难下判断的。

李时珍感到，要获得真知灼见，只靠博览群书远远不够，还必须深入到出产药物的大自然中去。于是，他在搜罗、参考百家书籍的同时，常常头戴斗笠，肩负药筐，带着徒弟庞宪和儿子建元，到山林、田野、江湖去观察、采集药物标本，广泛收集民间治病的土方子，与农民、渔民、猎人、樵夫、药农、果农、花匠交朋友。

他从药农那里知道：葳蕤和女葳是两种毫不相同的药用植物，过去大多数医书把它们混为一谈；南星和虎掌是一种植物的两种名称，《证类本草》中把它说成是两种不同的植物。李时珍把这些亲见亲闻的知识都一一记录下来，写进《本草纲目》中。

一次，他到武当山采药，听说山上生长一种叫榔梅的仙果，山上的道士每年都要用蜜汁腌好，献给皇帝，说是吃了可以长生不老。为了研究榔梅的真实价值，他冒着被处死的危险，偷偷采了几枚，亲自品尝，才知道榔梅的药性不过是生津止渴罢了，从而揭穿了仙果的秘密。

李时珍一边行医，一边考察药物、撰写《本草纲目》。在武昌府，他治好了楚王朱英炝儿子的气厥病，被强留在楚王府中，担任王府的奉祠正，兼管良医所的事务。《本草纲目》的编写被迫中断了。

李时珍在楚王府工作了两年，因为医术高明，被楚王推荐到京城的太医院任职。他时常惦记着《本草纲目》的写作，但是枯燥的坐班生活，行动不自由，好在太医院藏有丰富的医学典籍和许多他未曾见过的秘方，还储存着许多稀有的名贵药材，敏而好学的李时珍就整日整日地读书，分辨药材。这多少排解了无法写作引起的不安。

李时珍想：太医院有这么好的条件，如果由太医院来主持编修《本草纲目》，岂不是既快又好吗？

他向太医令谈了自己的想法，哪知太医令不但没有认真考虑，反而斥责他重新修订《本草》是“擅动古人经典，狂妄之极！”其他医官则讥笑他自不量力，自讨没趣。

当时，太医院的太医都热衷炼丹升仙。李时珍非常反感。他更加感到时间紧迫，就借口自己有病，辞职回到家乡。

他拣出三年前写出的旧稿，继续编写《本草纲目》。像从前那样，边行医，边四处考察，边写作。他多次长途旅行，足迹遍及大江南北。

《本草纲目》第一稿完成后，李时珍进行过三次修改，每次修改，他都不断完善这部书的体例，增补新的内容。当初设计纲目时，包括释名（解释药物名称的来源和依据）、集解（说明药物的产地、形态和采集方法）、气味（说明药物性质）、主治（阐述药物功用）等。后来，他亲自栽培一些药物，炮制并且临床试验，了解药物在不同情况下药性、功用的变化和适用的范围，又有了许多新的发现。因此，在修改补充的过程中，他又增加修治（阐述炮制方法）、发明（记述前人和自己使用这种药物的临床经验和药理方面的研究），有些药物还附有“辨疑”和“正误”栏，纠正过去本草著作的错误。最后还有“附方”，说明药物在临床上的实际应用。这就使《本草纲目》具有很大的临床实用价值。

一年又一年地过去了，在李时珍六十一岁那一年，《本草纲目》终于脱稿了。他独自一人，呕心沥血，整整花了27年的时间才完成了这部190多万字的巨著。27年里，李时珍参考的前人著述就达800多种，书中附录的药方有11091个，其中8161个是李时珍亲自搜集的民间药方。还附有药草图谱1110幅。这部书全面而系统地总结了我国明朝中期（公元16世纪）以前药物学的巨大成就，具有重大的科学价值。

当时，这部医药学巨著并没有引起官府的重视，书商不识货，担心印了卖不出去。李时珍也没有钱去刊印这部著作。因此，这部著作好多年都无法出版。

李时珍为了出版这部书，先后只身到武昌、南京联系刊刻之事。在南京，他一边行医，一边联系书商，辛苦了几年，没有一家书商愿意刊刻《本草纲目》，他只好扫兴地回到蕲州。

又过了几年，南京一位名叫胡承龙的藏书家专程赶到蕲州，向李时珍商议刻书的事情。李时珍喜出望外，但他已经是年过七旬的老人。

1593 年，七十六岁的李时珍困卧病床，还念念不忘《本草纲目》的刊刻，他多么想在有生之年看到这部书的问世啊！但是，南京只是传来书快要刻成的消息。李时珍终于没有等到《本草纲目》问世，就在这一年的秋天，带着终生的遗憾离开了人间。

1596 年，《本草纲目》初刻本终于在南京出版了。

1603 年，这部书在江西得到翻刻，不久就风靡全国。以后又被翻刻了几十次。

1606 年，《本草纲目》首先传入日本、朝鲜，以后陆续译成拉丁文、法文、俄文、德文、英文等多种文字，流传世界各国，被誉为“东方医学巨典”。

一生的光阴，既短又长。庸人有绵绵的烦恼，至死也无法解脱；志士有赫赫的业迹，终生充满了价值。

一个人要有作为，关键在于立志。立志之后，还须勤恳地劳作，不满足现状，不被眼前的名利所诱惑。李时珍编撰《本草纲目》的经历，告诉了我们这个道理。

## 徐光启推广种植甘薯

明代万历三十八年（公元 1610 年）夏季，上海一带暴雨连日，洪水泛滥，大水淹没了正待收割的庄稼，一些村庄也被洪水吞没。农民们眼睁睁地看着就要到手的粮食被全部冲跑，人人心急如焚，丰收年转眼变成了荒年。洪水过后，市面上粮价猛涨，饥馑威胁着这里的人们。一些农民开始背井离乡，举家踏上逃荒的路程。

在上海县城西门外，起了一座新的坟冢。坟前小小的墓碑上工整地刻着几个字："徐公思诚之墓"。墓旁不远处，立着几间新盖的茅屋，茅屋四周种着水稻、蔬菜和药材。

茅屋前停立着一个人，他望着络绎不绝西去的逃荒人群，心里沉甸甸的，很不是滋味。这个人就是原来在京做官的翰林院检讨徐光启。

徐光启的父亲刚病逝不久，那座新坟就是这位徐老先生的墓。遵照制度，徐光启停职回到家乡守丧，三年内住在墓地附近，那一排新茅屋就是他盖的。

在回家乡之前，徐光启一边在京做官，一边与来华传教士利玛窦一起，完成了《几何原本》前六卷的翻译。那时候，还没有人译过国外数学著作，要把原作译得准确，可不是件简单的事。徐光启花了一年多时间，字斟句酌，反复推敲，译完六卷。守丧之事使他被迫中断这项工作。但是，钻研科学的热情始终伴随着他。回到家乡上海，他有意买了较大的墓地，在这里进行农业试验，这是他平生最喜欢做的事情。

意外的洪水灾害使徐光启受到很大震动。他不禁想起几天前的一件事。

那天，一位朋友来看望他，八岁的女儿小竹突然问道："爸爸，福建的叔叔什么时候再带甘薯来啊?"

原来，去年有位福建的青年朋友来看望徐光启，顺便带了些福建的甘薯来，并告诉他，甘薯有多种吃法，不论是煮熟了，还是生吃，都很好吃。而且产量也要比水稻、玉米等都要高很多。

徐光启和家里人都是第一次见到甘薯，感到很新奇。他们兴致勃勃地把两只生甘薯切片分吃了，接着又煮了两只吃，果然味道不错。

一向对农事肯于钻研的徐光启马上想到，能不能在上海试种甘薯呢?凡事都愿意试试，是他一贯的品格。于是，徐光启把剩下的最后一只甘薯种到墙下的土里，冬天怕把它冻坏了，就在地上盖了稻草，徐光启还是不放心，常常伸手到稻草底下摸摸冷不冷，有人看见，就对他开玩笑；"徐先生，你这里是不是埋的珍珠宝贝呀？”

徐光启微笑着说：“我这里埋的是真正的宝贝，比珍珠用处大得多！”

徐光启原以为，甘薯种在土里就会长出藤来。可是春天来了，大地又绿了，这只甘薯却没有发芽、长藤，而是烂掉了。望着那只烂薯，他真是心疼，同时又感到后悔，后悔没有仔细问明甘薯的栽培方法。

小竹的问话引起了来访朋友的兴趣，徐光启告诉这位朋友说：“福建出产一种甘薯，不怕干旱，不怕台风，随处可种，产量高出稻麦几倍。如果发生灾荒，种下它，我想倒是一种救荒的好办法。去年有朋友送我几只，我留下一只做种，我不懂得种植方法，竟让它烂掉了，真可惜！”

“是不是风土不宜呢？上海比福建冷，也许它在福建长得好，到上海就不行了。”

徐光启一听到“风土不宜”四个字就不痛快。他提高了嗓门说：“你也讲风土不宜？你没听说葡萄、苜蓿是西域所产吗？如今中国到处都种，长得也不错。棉花是南洋传过来的，现在松江、上海一带，不是枝繁花茂吗？有人说北方的芜菁种到南方要变成菘，可是只要根据南方风土改变种法，它就不变了。这是我亲身经历过的。风土不宜？我就不信！”

朋友又说：“不过，风土不宜的事还是有的。福建、广东的桂圆、荔枝，到上海就种不活。南方的桔树，种到淮河以北，不就变得和枳树一样吗？水稻在南方能高产，到北方就干死。可见风土说也不是完全没有道理的。”

徐光启笑了笑说：“对，话不能说死。不过我总觉得，各地作物能互相流通的占十分之九，不能互相流通的不过十分之一罢了。就说水稻，现在北方没人种，不见得北方种稻一律干死，将来有人在北方选择水源丰富的地方，乘夏天的温暖气候种稻，未必不能丰收。总之，宜与不宜，要经过试验才知道。”

眼前大片被淹的庄稼和逃荒的人群，使徐光启重又想起几天前的这番讨论，他想，如果甘薯移植成功，遇到荒年，人们就可以靠它救灾度荒了。他心里暗下决心，一定要把甘薯移植过来。想到这儿，他转身回到茅屋，坐到书桌前，提笔给那位福建朋友写了一封信。

这年秋天，一个福建青年来到徐光启家。一进院门，就大声说到："徐先生，给您送甘薯来了。"

徐光启闻声跨出屋门，高兴地迎上来，说道："你接到我的信了？这太好了，太好了！"

这个青年就是上次送甘薯的那个福建朋友，徐光启给他写信，谈了自己想在淞沪移植甘薯的打算，并请他帮忙。这次，他是专程送甘薯种来的。这回，徐光启把他带来的十只甘薯全部留作薯种，还详细地询问了留种的办法。

然后，他亲自动手，在朝东南的地势高燥的墙根下挖了一个坑，坑里垫上一尺多厚的稻草，并排放上十只种薯，再堆上稻草，然后封闭坑口，不使冷空气侵入，只留一个通风小口。第二年春天，他开坑取出种薯，居然没有一个烂掉。

徐光启在事先做好的畦里用草灰和猪粪做基肥，畦上开出一行行的沟，将种薯排在沟里，盖上泥土，天天浇水。几天以后，这些种薯生出嫩苗，很快地长成了长长的藤蔓。徐光启把藤蔓每隔四片叶剪成一段，种在一行行高高的土垅里，浇上水。

从此之后，每天早上，徐光启都要到甘薯地里看看小苗的生长情况。有一天，他正蹲在地里观察，忽听见有人远远地叫他"先生"。抬头一看，又是那个福建青年来了。徐光启忙迎上去，只见他牵着一匹马，从马背一侧解下一只小木桶，桶里装着泥土，上面长着绿绿的甘薯藤。

"徐先生，上次听说您要在上海种植甘薯，我怕您留种没经验，给您带种藤来了。这种藤是去年栽好的，现在连泥带来，您剪藤栽到地里，保证成活。"

徐光启看了，又惊又喜："啊哟！你太辛苦了。有你这样的热心人帮助，上海种甘薯一定会成功！"

"徐先生，是您的热心感动了我，我才关心这件事的。这带藤的办法不是我发明的。我的祖父说，福建有人到海外去，看到甘薯想带回，当地人不肯。有人偷偷地把薯藤绞在浸水的绳子里面，才得带回传种。因为来自海外，所以叫做番薯。现在我连泥带藤，比他那带法当然更可靠。"青年说完，得意地笑起来。

徐光启很高兴，再开一块地，把这藤剪断种下。

夏天，甘薯地里长满薯藤，一片碧绿。秋天，从地里挖出大如碗口的甘薯。算算重量，比同面积的稻谷产量高几倍。

徐光启收获了甘薯，就试验各种各样的吃法：生吃、蒸熟、切片油煎、晒干、火烤、磨粉、制酒……各有各的风味。他每遇到亲戚友邻，就不断宣传这一粮食新品种的优点，劝他们试尝。吃到徐光启甘薯的人，莫不满口赞美。徐光启又介绍种植甘薯的方法，劝他们试种。

春天一到，来徐家剪藤的人，络绎不绝。因为求教种法的人很多，徐光启就把甘薯的优点和种法写成文章，供人抄录传播。他把甘薯的优点陆续补充，共得十三条，称为“甘薯十三胜”。

从此之后，甘薯就在长江下游广泛种植了。遇到水、旱、台风成灾，稻麦歉收的时候，甘薯仍有一定量的收成，所以甘薯成为贫民救荒的宝贝。

在封建时代的士大夫中，徐光启的所作所为十分特别。

他从小读四书五经，却崇尚西方科学，主动向欧洲的传教士利玛窦求教，翻译出中国第一部西方科学著作《几何原本》；他的官位很高，还亲自参加士大夫瞧不起的农业劳动，做农业试验，推广农作物和农业技术，写成了我国古代的农业百科全书《农政全书》。

徐光启的一生，是求学求知的一生，他把学习当做自己终生的事业对待，至老不渝，因此，他能给人留下宝贵的精神财富。

## 女诗人李因苦学成名

存我国古代，著名的女诗人犹如凤毛麟角，是屈指可数的。那些有成就的女作家，大抵都要经过一番比男子更刻苦的努力，李因就是明朝后期一位苦学成名的女诗人。李因，字今生，号是庵，又号龛山逸史，武陵（今湖南常德）人。她出身于贫寒之家，后来嫁给光禄寺少卿葛征奇作妾。

在封建社会，女孩子家最要紧的是学会针线活和打扮自己，至于读书写字，除了富贵人家的小姐以此来消遣解闷外，穷人家的女儿是很少学习的。再说，女孩子也不能进学堂，读书就更困难了。李因从小就和别的女孩子不一样，她喜欢读书而不喜欢涂脂抹粉打扮自己。只要一有空闲，就立刻抓紧时间读书写字，作诗绘画。

李因家里穷，买不起纸墨笔砚和灯油。为了学习，她想出许多办法来克服困难。她在每天早上打扫房屋的时候，总要先在积有灰尘的桌子上练一会儿字，然后才用抹布把灰尘擦掉。秋天，柿子树的叶子发黄凋落，李因就把黄叶扫起来，一筐一筐地留着，当做写字用的纸。夏日的晚上，李因捉来许多萤火虫，把它们放在蚊帐里，依靠它们发出的亮光读书。

本来，女子结了婚，往往因生儿育女和繁重的家务而放弃了自己的学业。李因却不是这样，结婚以后学习的兴趣仍然很浓。她丈夫的官职常常变动，李因也就常常跟着他到处奔波。在旅途中，李因不论是坐在船上还是骑在驴背上，都随时随地抓紧时间读书作诗。她的诗集《竹笑轩吟草》和《续竹笑轩吟草》，所收入的260多首诗，大多数是在旅途中写的。

李因生长在封建时代里，那时候女子是没有什么社会地位的，尤其像李因这样一个家境贫寒、身为“侍妾”的人，更被人们所轻视。可是，由于李因刻苦读书，并获得了一定成就，人们却很敬佩她。当时，她丈夫家乡的地方志上，为她作传铭记，并把她的诗编成集子出版。

## 黄宗羲鸡鸣就枕

“年少鸡鸣方就枕，老人枕上待鸡鸣。转头三十余年梦，不道消磨只数声。”（我年轻时，读书直到鸡鸣才睡觉，老了以后，躺在床上思考问题一直到鸡叫为止。回过头一看，三十多年的时间只消磨在鸡叫声中。）

这是明末清初大思想家黄宗羲写的《不寐》诗。这首诗真实地描写了他自己一生中勤学苦读的情况。

黄宗羲，字太冲，号梨洲，浙江余姚人。十七岁那年，他父亲黄尊素遭奸臣魏忠贤陷害，被捉拿进京问罪。临别时，父亲叫他好好钻研家藏书籍，从中探求古今治乱得失之道，以便将来为国家做一番事业。黄宗羲听了父亲的吩咐，明确了读书的目的，从此便在家里刻苦读书。每天天还没亮他就起床读书，一直读到深更半夜鸡叫头遍时才上床睡觉。仅仅两年时间，就把家里丰富的藏书读完了。

到了十九岁那年，他的父亲被魏忠贤杀害。黄宗羲为了除奸贼、报父仇，只身进京在皇帝面前告了一状，告倒了魏忠贤的爪牙（这时魏忠贤已死)。然后，他回到家乡，拜大儒刘宗周为师，继续刻苦读书。在老师的指导下，他深入地钻研了十三经，阅读了诸子百家、二十一史和明代的十三朝实录等书。他特别喜欢那些讲究经世致用的文章，不喜欢内容空洞的八股文。他对于天文、地理、律历、数学等，都下苦功研究。在学习中，黄宗羲除了向老师学习外，还跟同辈的青年朋友学，只要别人有一点比他强，他就虚心求教。

黄宗羲三十四岁那年，明朝被清取代。他同当时的一些爱国人士一起进行了十多年的抗清斗争。斗争失败后，他便立志著述，开始撰写《明儒学案》、《明夷待访录》等书，努力保存明代的文化遗产。当时康熙皇帝曾多次让他出来做官，都被他谢辞了。为了写书，黄宗羲广泛地搜集资料，跑遍了许多地方，读了上万卷书，抄写了好几百万字。

黄宗羲到了八十岁高龄时，仍然夜以继日地用功读书，甚至在八十六岁去世前两三天，还读了好几本书，在书上写了详细的批语。

## 顾炎武修改《日知录》

明末清初的大学者顾炎武拍打着他 1670 年刻印的八卷《日知录》，说：“缺点太多啦！当年我怎么那样糊涂呢？读书不多就轻易写书，岂不是贻误人吗？”他便着手修改《日知录》了。

从早到晚，从秋到冬，他不是读书，就是游历，把阅读到的和观察到的材料综合分析，遇到有学问的人，他就谦虚提出问题，同人讨论，并把书稿拿给人看，谁指出了其中的错误，他便立刻改正，他的《日知录》是读书札记，按经义、吏治、财赋、史地等分类编写的，每条长的几百字，短的几十字。每条的文字虽不多，但每字他都严肃认真地对待，绝不轻易下笔，因此进展极慢。朋友见他天天不辍，问道：“炎武，咱们快一年没见面了吧，你的《日知录》有写出几卷了呢?”

“几卷?”顾炎武摇摇头说：“别来一年，只写得十几条。”见解深刻，考证翔实的巨著《日知录》。书还未成，学者们便竞相传抄，称赞说：“《日知录》是不朽的!”顾炎武自己呢？还不满足，他给别人写信说：“自己思量精力还不很衰，不一定就死，再过些年，总可以搞出一个定本来的。”

## 谈迁写《国榷》

清朝顺治四年（公元1647年），浙江海宁县麻泾。在村边的一片枣林里，住着一位老秀才。

这位秀才姓谈，原来的名字叫以训，字观若，为了铭记明朝亡国的哀痛，他改名为迁，字孺木。他还为自己取了个名号：“江南遗民”，表示自己永远是明朝的臣民。

这一年八月的一天夜里，谈迁很晚才入睡。当他刚刚进入梦乡，早已躲在枣林里的小偷就翻墙撬门进了他的房间，什么东西也没有动，抱起装满书稿的箱子就逃走了。这部书稿就是《国榷》这部书的手稿。

这部手稿是谈迁花了二十七年时间写成的一部明朝编年史，是从明朝建国到灭亡每年按月按日编的大事记。谈迁根据明朝的实录和一百多位明朝史家的著作，经过细心的编排考订，写了改，改了再写，一连改了六次才编成。

第二天，谈迁发现自己的书稿被窃，顿时悲痛欲绝，老泪纵横，失声痛哭起来，边哭边说：“我为写这部书耗费了大半辈子精力，我已经老了，为什么偏偏碰上这样不幸的事情啊！”

谈迁为什么要写《国榷》这部书呢？他二十九岁那一年，母亲去世了，在家守孝。他原来对历史有浓厚的兴趣，读了不少书，积累了丰富的历史知识。守孝期间，他得到一部《皇明通纪》，便仔细阅读起来，但他越读越生气，书里记载的史事有很多错误，见解也很肤浅。他想，这样的书不但浪费人的宝贵时间，还给人以错误的史实和观点，这样的历史书简直是害人！

谈迁便下决心自己编写一部反映明朝历史的著作。他编书的主要根据是明朝皇帝的实录。他发现有几朝的实录也很不可靠，例如明太祖实录是经过三次改写的，每改一次便隐没了不少历史真相。为了求得历史的真实可靠，他便发愤通读所能借到抄到的一百几十家明朝历史家的著作，将其互相比较考证，作成一条条的札记，按年月日按事综合研究，择善而从，编成了一部可信的国史。

清朝灭亡了明朝后，谈迁受到很大震动，他认为国虽亡了，但史不能亡，他又根据当时的邸报（政府公报）补写了崇祯、弘光两朝的历史。

书写成的消息渐渐传开。当时，有的人有钱有势，却缺少社会名望，很想有部书出版，流传后代，流芳百世。写书要有学问，要花很长时间的苦功夫，这些人当然做不到。如果找谈迁买这部书稿，拿钱是买不动的，因为他是一位有志向、讲道德的耿介之士。于是，有人花钱雇了一个小偷，把书盗走了，谈迁二十多年的心血就这样白白浪费了。

书稿被窃，谈迁痛苦了好些日子。为后人留下一部信史的信念又一次激励了他：“我的手不是还在吗？再从头干起！”，他下定决心：重新写一部《国榷》。

为了保存真实的明朝历史，也为了通过历史给后代人以深刻的教育，五十多岁年纪、满头白发的谈迁，背着雨伞、包袱、干粮、纸笔，跑到嘉善、归安、吴兴、钱塘等地，向那一带的著名藏书家说好话，求人情，借书抄书，又一次读遍了有关的参考书。不顾酷暑，不畏严寒，像三十年前一样，又投入到《国榷》的写作中。

第二次写《国榷》，他发现从万历到崇祯这几十年间的历史，由于朝廷内部党争厉害，各人的立场不同，同一件事有许多不同的说法，差别很大。要弄清楚这些问题，专门找书读远远不够，还需要多找人谈，特别是找身经其事的人谈，而这些人大多在北京，这样，就非到北京去不可了。

谈迁家境很穷，即使借到路费钱，在北京的吃住也无法解决。他时常为这件事发愁。1653 年，义乌县的朱之锡进京做弘文院的编修，聘谈迁做他的记室，承担一些文墨工作，约谈迁一同从运河坐船进京。谈迁喜出望外，多年的愿望终于实现了。他带着第二次完成的《国榷》初稿来到了北京，作进一步的补充考订。

在北京，谈迁住在朱家，除了处理一些文墨工作外，便全力搜集资料，访问有关的人物。

他通过同乡曹溶的私人关系，认识了吴伟业、霍达。他们二人都是明朝崇祯年间的进士，又都是清朝的现任官员，亲身经历过许多事变。谈迁与他们交往，了解到许多书上所没有的宝贵史料，一一笔录下来。在他们那里，还借到了《万历实录》和《崇祯邸报》，这都是很宝贵的资料。谈迁还将《国榷》的初稿送给他们看，请他们指出错误，以便随时补充改正。

谈迁还用大量的时间访问明朝历史遗迹：景泰帝、崇祯帝的坟墓，金山明朝皇族墓地，香山的古寺，他都一一游览踏访。在北京郊区，他爬山涉水，不畏辛劳。有时迷了路，只好请放牛的小孩带路。每到一个村子休息。就坐下来做笔记，一块块小纸片，正反两面写满了字，把路上听到的看到的都记载下来。一堵断墙，一块残碑，都不放过。

谈迁还到处访问明朝的降官、贵族子孙、达官贵人、门客、市民。谈迁是个既穷又老的秀才，这样的身份和年纪，访人问书都极不容易，不要说体力消耗大，还时常受到冷落和讥讽，所以谈迁在身体和精神上都很痛苦。

他在给朋友的一封信中诉苦说："我不善于说话，年纪又大，去拜访贵人，等候接见，往往早上去等到中午，有时等到晚上才能见着面，简直受不了。北京气候又干燥，到处是尘土，身上脏得很。无处可去，就只有跑到住所两里外报国寺的大槐树下坐一会儿，算是休息。"为了写好《国榷》，他将这些痛苦都忍受下来了。

在北京生活了两年半，谈迁就回到了家乡，他带回去许多资料，他的历史知识更丰富了。用这些材料修改的《国榷》，质量更高了。

1657 年，谈迁逝世了。他给人间留下一笔宝贵的财产，那就是《国榷》这部书。

由于清朝统治者大兴文字狱，《国榷》一直不能公开刊印。可是，《国榷》是历史学家研究明朝历史的重要参考资料，所以一直有传抄本行世。解放以后，《国榷》这部著作才正式出版。

谈迁曾写过一首诗："往业倾缅尽，艰难涕泪余，残编催白发，犹事数行书。"这就是谈迁一生两次写《国榷》的真实写照。

花了二十七年时间写出一部著作，一夜之间就只字不存，这样的打击，对于年过五十的人来说是难以承受的，一般人可能不会从头开始写《国榷》，而谈迁却毅然重新开始。为了提高《国榷》的质量，他还千里迢迢地到北京，备尝辛苦，忍受达官贵人的白眼。

谈迁的一生都献给了《国榷》这部书，因为《国榷》就是他一生的事业。

## 康熙勤奋学习外国科学

1688 年，法国传教士张诚神甫受法王路易十四的派遣，与一批法国耶稣会士来到中国，被清圣祖留居宫廷供职。清圣祖名字叫做爱新觉罗·玄烨，就是有名的康熙皇帝。他为了适应清朝前期社会经济迅速发展的形势，特别勤奋地向张诚等人学习欧洲文字、几何学、数学、哲学以及音乐等。

1690 年元旦后的一天，康熙开始向张诚神甫学习半圆仪的性能、用途和计算方法，由于双方语言文字不通，给学习带来很大的不便。康熙皇帝下决心要学习欧洲的文字，同时决心让张诚等人精通满文和汉文。

为了掌握几何学，康熙刻苦钻研每一条定律。当理解了欧几里德第一条定律后，他立即认真地默写一遍，基本上与张诚等人口授的一致。花了不到一个月的时间，便攻下了欧几里德全部定律。随后，他又学习巴蒂氏的《实用和理论几何学》。

康熙皇帝在学习数学时，努力克服学习中的困难，较快地学会了用对数演算乘法，并注意实际运用。有一次，他一边用对数表分析三角，一边亲自丈量一堆谷物，然后对比结果是否相符。

除此之外，康熙还向张诚学习西方音乐和欧洲哲学，详细了解哲学这门学科的用处，以及逻辑、物理、伦理三部分的实际内容。平时，他十分尊重外国人的风俗习惯，经常询问欧洲民族的礼节以及各国的政治、经济状况。

康熙皇帝在位整整六十年，开博学鸿词科、明史馆，编纂《全唐诗》、《康熙字典》等，为我国科学文化事业的发展，作出了一定的贡献。

## 吴敬梓饥寒写书

清乾隆年间，八股风气大盛。皇帝用科举取士，使不少读书人堕进了利禄的圈套中。在这样一股读书为当官的浊浪中，有一名学者却轻视功名，不愿升官发财。这人就是我国伟大的古典讽刺小说《儒林外史》的作者吴敬梓。

吴敬梓出身安徽全椒一个官僚地主家庭，世代“书香门第”。他父母去世时曾给他留下两万多两银子和一些田地，但因吴敬梓生性豪爽、遇贫即施，没几年这些家产就施舍殆尽，他的生活陷入穷困。在他有钱的时候，不少人曾利用他、欺骗他，但等到他一旦穷了，那些人又都开始责骂他、嘲笑他，这倒使他对社会人生有了深刻的认识。他再不愿在家乡住下去了，就移居到江宁（今江苏南京）秦淮河边。

吴敬梓是一位年轻有为的学者。他喜欢古文，也喜欢作诗。当时一般正直的读书人都很敬重他。吴敬梓三十六岁那年，安徽巡抚赵国麟曾极力荐举他应当时的“博学宏词”科考试。吴在不得已的情况下在乡应试了，但当赵国麟正式要他入京应试时，他却又托病不参加。吴敬梓实在不愿做官，他认为当时以八股取士，把知识分子的视野拘囿于四书五经和时文墨卷之中，把读书人变成了迂腐空虚、孤陋寡闻的村学究很不可取。不少读书人“十年寒窗无人问，一举成名天下知”，但他们一旦得志成了“人上人”以后，就没命地吮吸着人民的鲜血。

吴敬梓是出于反庸俗、反虚伪、反势利的人生态度来反对当官的。他同情被压迫的劳动者，已经具有初步的民主思想。

雍正末年，他开始了《儒林外史》的写作。然而，这时的吴敬梓却一领青衿如故，而且常常挨饿。他不时地挑出些旧书去换米。甚至除夕之夜，要靠朋友送斋。他已经过着“囊无一钱守，腹作干雷鸣”、“近闻典衣尽，灶突无烟青”的极其贫困的生活了。当他正伏在桌子上，写着《儒林外史》中的范进穷得没米下锅，一家人饿了两三天，不得不将一只正在下蛋的鸡抱到集市上去换米吃这一节时，也正是他自己两天没吃东西，饿瘪了肚子的时候。切身的体会使作者描写得更真实了。

吴敬梓在冬夜冷得无法入睡，他便邀集了几个好朋友，借着月光在城外绕行数十里，好友间相与应和，歌咏啸呼，直到天明才回家。吴敬梓曾美其名曰“暖足”。次日，他又开始潜心鸿篇巨制。

吴敬梓就是这样辛勤地在贫苦生活中用了十年的工夫，完成了他的杰作《儒林外史》。穷酸迂腐的秀才、丧尽天良的举人、贪婪鄙吝的知府、不学无术的翰林，在吴敬梓的笔下都作了充分的表演。

吴敬梓在写作时为了开阔视野还经常出游扬州、苏州、芜湖等地。乾隆十九年（公元1754年），吴敬梓病死在扬州。

我国文学史上一部伟大的古典现实主义作品《儒林外史》，在吴敬梓死后多年，才由吴敬梓的一个当教官的朋友刊印了出来。

# 曹雪芹著《红楼梦》

曹雪芹名霑，字梦阮，雪芹是他的号。大约在1716年，他生在一个富贵的“百年望族”之家。他的先祖，拥清兵入关有军功，他的曾祖母，曾经当过康熙皇帝儿时的乳母，深得康熙的信任。他家祖孙三代都世袭“江宁织造”的职衔。这职务名义上是专管皇宫里后用衣物的生产和供应，实际上还负责监视江、浙地区的官民，可以直接向皇帝打秘密报告，是皇帝的心腹。康熙五次南巡，就有四次住在曹家。

曹家既是“百年望族”，又是“诗书门第”，在僮仆成群，钟鸣鼎食的环境里，曹雪芹度过了少年时代，他不仅享尽了人间的荣华，也汲取到了丰富的文学滋养。祖父曹寅，是当时著名的藏书家，文学造诣也很深。曹雪芹在这样的家庭里，认真学习，掌握了广泛的知识。

曹雪芹十三岁那年，曹家大难临头。这一年，雍正靠阴谋诡计登上了皇位，他以残忍毒辣的手段清除对手。由于曹家同他的一个政敌关系比较密切，所以雍正一上台，就毫不客气地将曹雪芹的父亲撤职查办。曹家的生活从此一落千丈。

告别了锦衣纨绔，饫甘餍肥的生活，曹雪芹跟着戴罪的父亲来到北京，生活渐渐陷入窘境，缺吃少穿，有时连个住的地方都没有。据说，他曾经在人家的马厩里住过很久。精神上的打击也接踵而至，过去那些登门结识他们的人，现在见了都躲得老远，十分亲近的亲戚，也害怕牵连不再和他们来往……

随着时间的推移，穷困的加剧，他历尽了种种辛酸屈辱，深察了统治集团的种种丑恶内幕，眼见无数可笑可骂、可歌可泣的事实，使他感慨万千，牢骚满腹。走出了统治阶级的队伍，和社会下层人民的接触又使他视野扩大，思想趋向成熟，把狭隘的牢骚逐渐转变成为对整个社会的不满和愤怒，他的叛逆性格和思想迅速形成和增长，埋在心底的怒气终于像火山一样地爆发。他狂放不羁、谈笑嬉骂，矛头直指封建阶级的营垒。他吟诗作画，冷讽热嘲，公开向黑暗的社会挑战。据说，家里人怕他触怒了统治者，招来灭族之祸，吓得把他锁在空房里，一直锁了三年。有人分析，可能就是在这段时间里，曹雪芹萌发了创作《红楼梦》的念头。他设计了这部百万言的巨著，立志从一个封建大家庭的兴衰史着手，揭露封建社会大厦将倾的内幕，塑造贾宝玉等人的叛逆性格。

《红楼梦》的轮廓勾画出来后，曹雪芹发誓以一生的精力来写这部为大雅所不齿的“演义闲书”、“小说稗史”。中年以后，他的家产已全部丧失，在城里已没有立足之地，被迫搬到郊外香山脚下去落户。这里幽僻荒凉，山径曲斜，蓬蒿丛生。曹雪芹已陷于赤贫的状态，房子是茅草盖的，灶是用瓦块搭成的，床是用绳子绷起来的，连个床板也没有。家里几乎没有固定收入，只好靠卖画为生，和妻子、儿子长期过着“举家常食粥”的生活。他爱喝酒，没有钱只好向老板赊欠，穷苦的煎熬使偶尔来访的朋友个个心酸落泪。但是，曹雪芹没有向贫困低头，就是在饥寒交迫、朝不虑夕的情况下，他仍然夜以继日地挥笔写书。家里四壁空空，常常连买纸的钱也没有，他只好把旧年的皇历拆开，把些旧书页子反过来，订成本子在背面写。辛劳一天，有时家里无米下锅，小孩、妻子啼饥号寒，穷愁无路。一般人看来，在这样的生活状况下，还有什么闲情逸趣去写一部为人笑骂的“盲词小说”？曹雪芹真是“疯子”、“傻子”。可是，曹雪芹对这些全然不顾，生活的煎熬，内心的痛苦，激励着他如痴如狂地写下去。“满纸荒唐言，一把辛酸泪！都云作者痴，谁解其中味？”就是他写书时思想感情的真实描写。

曹雪芹荒村著书，不仅遇到了生活上的困难，也遇到了巨大的精神压力。他的封建大家庭的族人和亲戚，听说曹雪芹要写一本揭露他们腐朽生活的书，认为这是在故意糟蹋他们，因而对他充满了疑忌和愤怒，当时的封建统治者也绝不允许写这样的书。

旧势力的高压，“蓬牖茅椽，绳床瓦灶”的赤贫生活，不仅没有使曹雪芹颓唐畏葸，反而使他在叛逆的道路上越走越远。清朝的宫廷里设有皇家画院，有人向画院推荐曹雪芹的绘画才能，画院想请他去当画师，曹雪芹断然谢绝。曹雪芹含辛茹苦地奋斗了十年，才完成了这一浩繁巨著。写完初稿后，他又严肃地进行了五次大的修改，对书中的每一回、每一段、每一句、每一字都进行了认真思考，反复推敲。“披阅十载，增删五次”。可以说，这部最伟大的现实主义文学作品，是他和着心血和眼泪写成的。

穷苦激励了曹雪芹的精神，却摧残了他的身躯。公元1763年，曹雪芹唯一的儿子染上了豆疹，无钱医治而亡故。曹雪芹悲痛万分，据说，他每天都要到儿子的小坟上去瞻顾徘徊，伤心流泪，不久就得病卧床。除夕这天晚上，他满怀悲愤地离开了人世，身后只留下了一个孤苦伶仃的妻子和他的名著《红楼梦》。

《红楼梦》结构宏伟，内容丰富。它从史、王、薛、贾四大家族的兴衰史，形象地揭露了封建家族的腐朽，可以说是中国封建制度濒于崩溃和必然灭亡的一面镜子。全篇情节曲折，事件纷繁，语言生动形象，准确简练，不愧为是我国古典小说中思想性最强、艺术性最高的一部杰作。它以巨大的表现力，描写了四百多个人物，塑造了众多的艺术典型。主要人物贾宝玉、林黛玉等固然写得血肉丰满，即使那些勾勒几笔的丫环奴婢，也无不栩栩如生，活灵活现。全书把那么多人物和那么复杂的事件，浑然天成于一部作品里，各个人物的阶级属性、禀赋习惯、性格心理，自然贴切，独具匠心，这在世界文学史上也是罕见的。它一问世就受到了人们的喜爱，王公贵人、黎民百姓争相阅读。乾隆年间，这本书的抄本卖到十两银子的高价，当时流行着两句话：“开谈不说《红楼梦》，纵读诗书也枉然。”人们评论说，18世纪，我国有两大文学奇迹：一是《红楼梦》，二是《儒林外史》。曹雪芹的名字，很快在世界上和莎士比亚、巴尔扎克、托尔斯泰等人类最优秀的文学家并列在一起。